Un été avec Montaigne

by Antoine Compagnon

몽테뉴와 함께하는 여름

Un été avec Montaigne

앙투안 콩파뇽
김병욱 옮김

mu∫intree
뮤진트리

차례

▪ 일러두기

– 이 책은 Antoine Compagnon의 《Un été avec Montaigne》
  (Equateurs, 2013)를 우리말로 옮긴 것이다.
– 본문에 나오는 도서·영화의 제목은 원제목을 번역 표기하는 것을 원
  칙으로 하되, 국내에 번역 출간 및 소개된 작품은 그 제목을 따랐다.
– 본문 하단의 주註 중 옮긴이의 것은 (—옮긴이)로 표기했다.

　아마 사람들은 해변에 누워서 아니면 점심식사 전에 아페리티프를 홀짝거리며, 라디오에서 흘러나오는 몽테뉴에 대한 이야기를 들을 것이다. 프랑스 앵테르 라디오 사장 필리프 발이 〈프랑스 앵테르〉에서 여름 동안, 주중 매일 몇 분씩, 몽테뉴의 《수상록》을 얘기해보면 어떻겠느냐고 제안했을 때, 그의 아이디어가 내게는 아주 이상하면서도 상당한 위험이 따르는, 그래서 함부로 회피해서는 안 될 도전처럼 여겨졌다.

　왜냐하면 우선 몽테뉴를 발췌문으로 요약한다는 건 내가 배운 모든 것, 내 학창 시절의 지배적인 생각들에 반하는 것이었기 때문이다. 당시, 사람들은 《수상록》에서 경구 형식으로 끌어낸 전통적 교훈을 폐기하고, 복합적이고 모순적인 원문으로 되돌아갈 것을 권장했다.

누구든 몽테뉴의 글을 함부로 잘라내어 조각으로 이용하려 했다면 즉시 조롱의 대상이 되고, 《수상록》에서 따온 경구들로 이루어진 《지혜론》의 저자 피에르 샤롱의 아바타인 양 역사의 쓰레기통에 처박힐 **멍텅구리** minus habens 취급을 받았을 것이다. 그런데 그런 금기로 되돌아가거나, 아니면 그것을 우회할 방법을 찾는다는 건 꽤 매력적인 도발이었다.

또한, 몇 줄로 된 구절 40여 개를 골라 간략하게 해설하면서 《수상록》의 역사적 깊이와 함께 현재의 시사성까지 보여주는 건 무모한 도전으로 여겨졌다. 성 아우구스티누스가 성경을 들고 그랬듯이 아무 페이지나 닥치는 대로 골라야 할까? 죄 없는 손이 골라주길 기원하면서? 아니면 작품의 주요 주제들을 빠르게 훑어나가야 할까? 이 작품의 풍요로움과 다양성을 보여줄 수 있도록? 아니면 단일성과 완벽성은 개의치 않고, 내가 좋아하는 단편들을 좀 다루는 것으로 끝내야 할까? 나는 순서나 사전 계획 없이, 이 모든 방법을 다 사용했다.

끝으로, 젊은 시절 내가 교양을 쌓는 데 가장 큰 도움이 되었던 뤼시앙 주네스의 방송과 같은 시간에 방

송국 마이크를 잡는다는 것이 나로서는 거부할 수 없는 제안이었다는 사실도 밝혀둔다.[1]

---

1 몽테뉴의 원문은 1595년 판에서 인용했다. 페이지 표기는 장 세아르가 편집한 《라 포코테크 총서》(2001년, 리브레리 제네랄 프랑세즈 출간)의 《리브르 드 포슈》 판본 페이지를 따랐다.

01
참여

몽테뉴가 기꺼이 자신을 교양인으로, 영지에서 물러나 서재 속에 은둔한 한량으로 묘사했다는 구실을 내세워, 우리는 그가 자신의 시대에 적극적으로 참여한 공인이었으며 역사적 혼란기에 중요한 정치적 책무를 수행했다는 사실을 잊곤 한다. 그는 가톨릭과 개신교 사이에서, 앙리 3세와 미래의 앙리 4세인 앙리 드 나바르 사이에서 중재자 역할을 했고, 그 과정에서 교훈을 얻었다.

"오늘날 우리를 갈라놓는 온갖 분열과 세분화의 소용돌이 속에서, 나는 미흡하나마 왕들 사이를 중재하는 일을 했는데, 용케도 그들의 오해를 사거나 나 자신을 가면 뒤에 숨기는 일은 피할 수 있었다. 이 직업에 종사하는 사람들은 자신을 드러내지 않고 최대한 중립적이면서도 우호적인 태도를 가장하지만, 나는 생생한 내 의견을 가장 나다운 방식으로 내보인다. 자신을 속이기보다는 일을 그르치는 편을 택하는 말랑말랑한 풋내기 중재자라고 할까. 그렇지만 지금까지 다행히도 (정말 운이 크게 작용했다) 나만큼 의심을 덜 받으면서 이편과 저편을 오간 사람도 드물다. 사람과 친분을 맺을 때, 나는 마음을 터놓고 상대를 대한다. 그런 태도는 서로에게 스며들고 상호신뢰를 구축하기에 좋다. 순박함과 진실한 태도는 시대를 초월해 통용된다."(제3권 1장, 1234~1235)

성인이 된 후 몽테뉴의 삶은 온통 내전들로 찢겼다. 그것도 아주 극악한 내전이라고 그는 말한다. 친구끼리 형제끼리 벌인 내전이기 때문이다. 1562년부터—그가 서른 살도 되기 전이다—그가 사망한 1592년까지 전투, 소규모 교전, 포위 공격 및 암살 등이 잠깐씩 쉬어가며 끊임없이 이어졌다.

그는 어떻게 살아남았을까?《수상록》에서 그는 자신에게 종종 그런 질문을 던진다. 위 발췌는 그가 전쟁과 흑사병의 시대에 떠맡았던 그 괴로운 보르도 시정市政

경험 이후, 1588년에 펴낸 제3권의 첫 장, 〈유익과 정직에 대하여〉에 실린 말이다.

유익과 정직. 몽테뉴는 이 주제를 공중도덕이라든가, 목적과 수단, 국익 등의 관점에서 다룬다. 당시의 주된 풍조는 카트린 드 메디치가 구현하는 마키아벨리즘과 정치적 현실주의였다. 카트린은 마키아벨리가 《군주론》을 헌정한 로렌초 2세의 딸이었다. 앙리 2세의 미망인이자 발루아 왕조의 마지막 왕인 앙리 3세의 어머니로서, 아들을 대신해 섭정한 그녀는 성 바르톨로메오 축일의 학살이라는 당대의 가장 끔찍한 결정을 내렸던 것 같다.

마키아벨리즘은 국가의 안전을 최고선으로 규정하고, 이를 위해 국익의 이름으로 거짓말을 하고 약속을 어기고 살인하는 것을 허용한다. 몽테뉴는 그런 식으로 문제를 해결하려고 한 적이 한 번도 없었다. 어떤 경우건 그는 기만과 위선을 거부했다. 언제나 자신을 있는 그대로 드러내고, 자신이 생각하는 바를 말했다. 은폐된 길보다 드러난 길을, 솔직함과 올바름을 선호했다. 그가 보기에, 목적은 수단을 정당화하지 못하며, 그래서 그는 국익을 위해 개인의 도덕을 희생할 생각은 꿈에도 하지 않았다.

한데, 그는 그런 무분별한 행동이 자신에게 해가 되지 않았고, 오히려 그에게 성공을 안겨주었음을 확인한다. 그의 행동은 정직할 뿐만 아니라 유익하기까지하다. 공직자는 한 번이라도 거짓말을 하면 두 번 다시 신뢰를 얻을 수 없다. 그런 공직자는 길게 보지 않고 미봉책을 선택한 것이며, 따라서 계산을 잘못한 사람이다.

성실함, 자신의 말을 지키는 충실함이 훨씬 더 채산성 있는 태도라는 게 몽테뉴의 생각이다. 도덕적 확신으로 정직해지기 어렵다면, 실익을 생각해서라도 정직해지려고 해야 할 것이다.

02

대화

친밀한 담소나 아니면 좀 더 격식 있는 토론의 장에서 대화를 나눌 때, 몽테뉴는 어떻게 처신하는가? 이를 그는 《수상록》 제3권 〈협의의 기술에 대하여〉 장에서 설명한다. 협의란 대화요 토론이다. 그는 자신이 타인의 생각을 환영하는 개방적인 사람, 고집스럽거나 편협하지 않으며 자기 의견에 간히지 않은 사람이라고 말한다.

"나는 누구의 손에서 발견된 진실이건 그것을 환영하고 보듬는다. 멀리서 진실이 다가오는 것이 보이면 기꺼이 항복하고 무기를 내려놓는다. 또한 지나치게 고압적으로 가르치려 드는 태도가 아니라면, 지적도 달게 받아들인다. 대개는 수정해야 해서라기보다는 예의상 비난자들의 뜻에 맞춰준다. 쉽게

양보함으로써 내게 마음껏 지적할 자유를 베풀고 보장해주는 걸 좋아해서다."(제3권 8장, 1447)

몽테뉴는 싫은 사람이 한 말일지라도 그 말이 진실하다면 존중한다고 단언한다. 그는 교만하지 않고, 반박당하는 걸 모욕으로 여기지 않고, 자신이 틀렸을 때는 기꺼이 수정한다. 그가 좋지 않게 보는 자는 교만하고 자기 확신에 차 있고 너그럽지 않은 자 들이다.

그러므로 그는 자유롭고, 타인의 생각을 존중하고, 전혀 자존심을 지키려 하지 않고, 끝까지 이기려고 하지 않는 완벽한 교양인 같아 보인다. 요컨대 그는 대화를 이겨야 할 전투로 생각하지 않는다.

하지만 그는 곧바로 한 가지 조건을 덧붙인다. 그가 자신을 나무라는 사람들에게 양보하는 것은 자기 생각을 고치기 위해서가 아니라 예의상 그렇게 해주는 것이라고, 특히 그 상대가 자만심 가득한 사람일 때 말이다. 이때 그는 굽히기는 하지만 자신의 내밀한 확신까지 접는 것은 아니다. 그렇다면 늘 진실성을 예찬하는 그도 뭔가 가식을 떠는 셈 아닌가? 그는 뻔뻔한 상

몽테뉴와 함께하는 여름

대들이나 그렇지 않은 다른 사람들에게도 예의상, 거리낌 없이 그들이 옳다고 인정해주고자 한다. 사람들이 계속 자신의 잘못을 지적해주고 자신을 깨우쳐주게 하기 위함이라고 그는 말한다. 상대가 앞으로도 계속 당신에게 망설임 없이 자기 견해를 말할 수 있게 하려면, 상대에게 항복해야 ― 적어도 그런 시늉이라도 해야 ― 한다. 그는 이렇게 말을 잇는다.

"하지만 이 시대 사람들을 그렇게 하도록 이끌기가 쉽지 않다. 그들은 꾸짖음을 듣는 고통을 견딜 용기가 없기에 꾸짖을 용기도 없다. 그래서 서로 상대 앞에서 늘 속내를 숨기며 말한다. 나는 심판받고 거기에서 깨달음을 얻는 데서 큰 즐거움을 느끼기에, 둘 중 어느 처지에 놓이더라도 무방하다. 나의 상상력은 이율배반의 우를 범하는 일이 아주 흔하며, 나도 똑같이 그러면서 다른 사람이 그런다고 비난한다. 이는 주로 그의 비난에 대해 내가 원하는 것만 인정하기 때문이다. 그렇더라도 나는 지나치게 거만한 태도를 보이는 자와는 연을 끊는다. 내가 아는 사람 중에, 자신의 경고가 받아들여지지 않으면 불평을 하고, 그것을 따르기를 꺼려하면(싫어하면) 욕설을

해대는 사람이 있다."(1447)

　　몽테뉴는 그의 시대 사람들이 반박당할 것이 두려워
자신을 충분히 반박하지 않는 것을 유감으로 여긴다.
그들은 비판받는 것을 싫어하고, 그것을 모욕으로 받
아들이기 때문에 남을 비판하지도 않으며, 그래서 모
두 자기 확신 속에 틀어박힌다.

　　마지막의 새로운 반전도 짚고 넘어가자. 몽테뉴가
남에게 쉽게 동의해주는 건 단지 예의상, 자신을 반박
하도록 상대를 격려하기 위해서만은 아니다. 그것은
또한 그 자신이 확신이 없고 그 자신의 견해가 자주 바
뀌고 그 자신이 이율배반적이기 때문이기도 하다. 몽
테뉴는 반박을 좋아하지만, 스스로 능히 자신을 반박
할 수 있는 사람이다. 그가 다른 무엇보다 싫어하는 것
은 자신의 견해에 동의하지 않으면 화를 내는 지나치
게 오만한 사람들이다. 몽테뉴가 비난하는 것은 자만,
교만이다.

　　　　　　　　　　　　　몽테뉴와 함께하는 여름

03

모든 것은 움직인다

우리는 《수상록》 곳곳에서 이 세상사의 불안정성과 유동성, 그리고 인간의 인식 불능 등에 관한 언급과 마주치게 된다. 한데 이 책 3권 〈후회에 대하여〉 장의 첫머리 글 내용만큼 확고한 것은 아무것도 없다. 여기서 몽테뉴는 자신이 도달한 지혜, 책 쓰기를 통해 얻게 된 지혜를 요약한다. 유동성 속의 확고함이라는, 새로운 역설이다.

"다른 사람들은 인간을 기른다지만, 나는 인간을 이야기한다. 아주 잘못 길러진 한 개인을 묘사한다. 그를 다시 길러야만 한다면, 정말 지금과는 전혀 다르게 기르겠지만, 이미 다 끝난 일이다. 내 그림의 주요 특징들, 비록 변하기도 하고 다양해지기도 하지만, 그것들이 엇나가는 일은 없다. 세상은 다만 하나의 영원한 추鎚다. 이 세상에 있는 모든 것은 끊임없이 흔들린다. 땅도, 코카서스의 바위도, 이집트의 피라미드도. 함께, 그리고 또 따로 흔들린다. 항구성 역시 극도로 미미한 하나의 흔들림일 뿐이다. 나는 내가 그리는 대상을 보증할 수 없다. 그것은 자연의 취기에 흐려지고 비틀거린다. 나는 그것이 흥미롭게 느껴지는 순간에, 그 지점에서, 있는 그대로, 그것을 그릴 뿐이다."(제3권 2장, 1255~1256)

종종 그러듯 몽테뉴는 겸손하게 시작한다. 그는 사람들을 가르치고 육성하려는 대다수 작가와는 달리, 어떤 교설을 가르치려 들지 않는다. 그는 자기 자신에 관해 이야기한다. 한 인간을 말한다. 더욱이 그는 자신을 모범적인 인간과는 영 딴판인 인간으로 표현한다. 그는 "아주 잘못 길러진 한 개인"일 뿐이고, 다시 기르기에는 너무 늦었다. 그러므로 그를 모범으로 삼아서는 안 된다.

하지만 그는 진리를 추구한다. 그러나 이토록 불안정하고 혼란한 세상에서 진리를 찾기란 불가능하다. 헤라클레이토스가 말했듯, 모든 것은 흐른다. 하늘 아래에 굳건한 건 아무것도 없다. 산도, 피라미드도, 자연의 경이도, 인간이 세운 건축물도. 객체도 움직이고, 주체도 움직인다. 그러니 거기에서 어떻게 굳건하고 신뢰할 만한 지식을 얻을 수 있겠는가?

몽테뉴는 진리를 부인하지는 않지만, 인간 혼자서 진리에 도달할 수 있다는 것에 의문을 품는다. 그는 "나는 무엇을 아는가?"를 좌우명으로, 저울의 상징으로 삼은 회의론자다. 하지만 그것이 절망할 이유는 아니다. 그는 이렇게 말을 잇는다.

"나는 존재를 그리지 않는다. 과정을 그린다. 대중이 흔히 말하듯이, 7년에서 다음 7년으로 넘어가는 나이의 이행 과정이 아니라, 하루에서 하루로, 일 분에서 일 분으로 이행하는 과정을 그린다. 내 이야기는 시간에 맞추어야 한다. 내 처지는 물론 생각 역시 수시로 변할 수 있다. 이 책은 다양하고 유동적인 사건들, 오락가락하고 때로 상반되기도 하는 생각들의 기록이다. 나는 또 다른 나 자신일 수도 있고, 다른 여건과 판단에 따라 주제들을 잡을 수도 있다."(1256)

요지는 인간 조건을 수용하기로 각오하고, 그 궁핍을 받아들이는 것이다. 그의 시계視界는 이행에 있지 존재에 있지 않다. 한순간에 세상은 변할 것이요, 나도 변할 것이다. 자신에게 닥치는 일과 자신이 하는 생각의 기록인 《수상록》에서, 몽테뉴는 모든 것이 얼마나 항시 변하는지를 적을 뿐이다. 그는 상대주의자다. 매 순간 이 세계에 대해 다른 시각을 갖는다는 점에서, 원근법주의perspectivisme를 취하고 있다고도 볼 수 있다. 나의 정체성은 불안정하다. 몽테뉴는 '정점定點'을 찾지 못했지만, 그것을 찾기 위한 탐구를 중단한 적이 없다.

한 이미지가 그와 세상의 관계를 말해준다. 기수가 말 위에서 자신의 균형을, 자신의 일시적 자세를 유지하는 승마의 이미지가 그것이다. 바로 이 말 탄 자세라는 말이 중요하다. 세상은 움직이고, 나도 움직인다. 세상에서 나의 말 탄 자세를 찾는 일은 내 몫이다.

04

루앙의 인디언들

몽테뉴는 1562년 루앙에서, 리우데자네이루만의 프랑스 식민지인 프랑스령 남극²에서 온 인디언 세 명을 만났다. 그들은 당시 '신세계' 원주민들에게 호기심을 느끼던 열두 살 난 왕 샤를 9세를 알현했다. 그 후 몽테뉴는 그들과 대화를 나누었다.

"이곳의 부패를 알게 됨으로써 장차 그들의 평안과 행복이 얼마나 큰 대가를 치르게 될지 모르는 채, 이 교섭이 그들의 파멸을 낳게 되리라는 사실을 모르는 채―나는 그 파멸이 이미 상당히 진척되었다고 전제하지만―(딱하게도 그들은 새로움에 대한 욕망에 속아 우리의 하늘을 보기 위해 자신들 나라의 따뜻한 하

---

2 1555년에서 1567년 사이에 존재했던 현대 브라질의 리우데자네이루만에 있는 프랑스 식민지. 리우데자네이루에서 카보 프리오까지의 해안을 관리했다.

늘을 저버렸다), 그들 중 세 사람은 서거하신 샤를 9세가 머물러 있던 당시에 루앙을 방문했다. 왕은 그들과 장시간 대화를 나누었고, 사람들은 그들에게 우리 삶의 방식과 성대한 예식, 아름다운 도시 모습 등을 보여주었다."(제1권 30장, 332)

몽테뉴는 비관주의자다. 그는 '구세계'를 접한 '신세계', 이 천진한 어린 세계가 타락할 것이라고, 심지어 이미 타락했다고 본다. 위에 발췌한 구절은 〈카니발에 대하여〉 장의 끝부분이다. 몽테뉴는 브라질을 황금기를 누리는 곳으로, 신화에 나오는 아틀란티스 같은 곳으로 묘사한다. 원주민들은 잔인하다는 의미에서가 아니라 자연적이라는 의미에서 미개인들이고, 우리는 야만인들이다. 그들이 원수를 잡아먹는 것은 먹으려고 해서가 아니라 명예 규약을 지키기 위해서다. 요컨대 몽테뉴는 그들이 하는 모든 것은 묵인하고, 우리가 하는 건 무엇도 그냥 넘기지 않는다. 그는 이렇게 설명한다.

"(…) 그 일이 있고 나서, 누군가가 그들의 의견을 물었고, 그들에게 가장 놀랍게 여겨진 게 무엇인지 알고 싶어 했다. 그들은 세 가지를 답했는데, 유감스럽게도 나는 세 번째 것은 잊어버렸지만, 두 가지는 아직 기억하고 있다. 첫째로, 그들은 왕 주변에 있는 건장하고 턱수염을 기른 무장한 성인 남성들(왕을 호위하는 스위스 병사들을 얘기한 듯하다)이 자기들 중 한 명을 골라 지휘를 맡기는 게 나을 텐데 한낱 어린아이에게 복종하는 게 참 이상하다고 말했다."(332)

훗날 몽테스키외의 《페르시아인들의 편지》를 통해 익히 알려지게 되는 전도顚倒의 수법을 통해, 우리가 아니라 인디언들이 우리를 관찰하고 우리의 관습에 놀라고 그 부조리를 지적한다. 몽테뉴의 친구 에티엔 드 라보에시의 주장에 따르면, 그들을 놀라게 한 첫 번째 것은 "자발적 복종"이다. 그토록 건장한 성인 남자들이 어떻게 한 어린아이에게 복종한단 말인가? 그들의 복종에 어떤 미스터리가 숨어 있는가? 라 보에시에 따르면, 민중이 복종하기를 멈추면 왕은 쓰러진다. 훗날 간디가 수동적 저항과 시민 불복종 운동을 권장한 것도 같은 이유에서다. 인디언들이 그런 생각까지 하는 건 아니지만, '구세계'의 신성한 권리가 그들로서는 이해할 수 없는 일 같다.

"둘째로, (…) 그들은 우리 중에 온갖 편의를 차고 넘치게 누리
는 자들이 있는 반면, 나머지 절반은 그들의 문전에서 구걸하
며 배고픔과 가난으로 야위어간다는 것을 알고는, 이 궁핍한
절반이 그런 불의를 견뎌낸다는 것, 그들이 다른 쪽 사람들
에게 달려들거나 아니면 그 사람들 집에 불을 놓지 않는 것을
아주 이상하게 여겼다."(332~333)

이 두 번째 스캔들은 부자와 빈자 간의 불평등이다.
몽테뉴는 이 인디언들을 공산주의라는 말이 생겨나기
도 전에 공산주의자로 만들고, 아니면 적어도 정의와
평등의 신봉자로 만든다.

몽테뉴가 인디언들이 놀라워한 세 번째 것을 잊어
버렸다는 게 이상하다. 정치적 불가사의와 경제적 불
가사의에 이어 다른 어떤 것이 또 문제가 될 수 있었을
까? 우리가 그것을 확실히 알게 될 일은 영원히 없을
테지만, 언제나 나는 조금 짚이는 바가 있었다. 그것에
대해서는 나중에 말하도록 하겠다.

몽테뉴와 함께하는 여름

05

낙마

이는 《수상록》에서 가장 감동적인 부분 중 하나다. 그가 자신의 삶에서 일어난 사건, 사생활의 한순간을 이토록 공들여 이야기하는 일은 드물기 때문이다. 말에서 떨어져 기절했던 경험에 관한 이야기다.

"어느 날, 세 번째인가 두 번째 내란(잘 기억나지 않는다) 중에, 프랑스 내전의 온갖 혼란 한가운데에 자리 잡은 내 집에서 몇 킬로미터 떨어진 곳으로 산책을 했는데, 나는 아주 안전하다고 확신한데다 집에서 가깝기도 해서 마구를 단단히 갖출 필요가 전혀 없다고 생각하여, 그리 튼실하지는 않으나 편히 부릴 수 있는 말을 골라 탔다. 한데 돌아오는 길에 예기치 못한 상황이 발생하는 바람에 말이 제구실을 못 하게 되어 도움이 필요했고, 그러자 거세하지 않아 기운이 왕성하게 뻗치는 말에 올라탄 건장하고 힘센 부하 하나가 용맹을 뽐내며 동료들을 앞질러 오기 위해 전속력으로 내 쪽으로 돌진해왔다. 그는 말 위의 왜소한 남자에게 달려드는 거인처럼 어마어마한 힘과 무게로 부딪쳐 왔고, 그 기세에 나는 말과 함께 저 멀리에 거꾸로 내동댕이쳐졌다. 말은 정신이 나간 채 고꾸라졌고, 나도 거기서 열두 발짝 떨어진 곳에 나동그라졌다. 얼굴은 온통 멍이 들고 까졌고, 손에 쥐고 있던 검은 열 발 짝쯤 앞에 떨어지고 허리띠는 산산조각이 났다. 나는 움직이지도 느끼지도 못하는 하나의 둥걸에 지나지 않았다."(제2권 6장, 594)

대개 몽테뉴는 《수상록》에서 자신이 겪은 일을 이야기하기보다는 읽은 책이나 책에서 얻은 영감에 관해 이야기하든가, 아니면 자기 자신을 묘사하곤 한다. 한데 이 부분에서는 실제로 겪은 사건을 이야기하고 있다. 그의 이 이야기에는 세부적인 내용이 가득한데다, 1567년에서 1570년 사이에 일어난 두 번째 또는 세 번째 내전 때라며 당시의 정황을 분명히 밝힌다. 몽테뉴는 전투가 잠시 소강상태에 접어들자, 소수의 수행원만 대동한 채 타기 쉬운 말에 올라 자신의 영지 근처를 산책한다.

이어 생동감 넘치는 묘사로 가득한 길고 자세한 문장이 불운한 사건을 설명한다. 한 부하가 탄 거세하지 않은 힘센 말과, 달려드는 거대한 짐승에 의해 나가떨어진 "작은 말 위의 왜소한 남자"인 자신을 그린다. 마치 그림을 보듯 생생하다. 우리는 도르도뉴의 들판, 햇살이 내리쬐는 포도밭 한가운데에서 말을 타고 가는 작은 무리를 떠올린다. 그러다 충돌이 있었고, 몽테뉴는 땅바닥에 나동그라지고, 검과 허리띠가 흐트러지고, 타박상을 입는다. 특히 그가 의식을 잃고 기절했다는 내용이 의미심장하다.

바로 그것이 핵심이다. 몽테뉴가 그토록 자세히 설명할 수 있었던 것은 실은 그는 아무것도 기억하지 못했고 부하들이 그에게 자세히 얘기해주었기 때문이다. 거세하지 않은 건장한 말과 그 말을 탄 하인의 역할만 숨기고서 말이다. 그에게 흥미롭고도 곤혹스러운 것은 자기 자신이 의식을 잃었다는 것, 그리고 죽은 듯이 집으로 실려 온 이후에야 서서히 의식을 되찾았다는 사실이다. 요컨대 그 사건은 몽테뉴가 죽음에 가장 가까이 다가간 것이었고, 그 경험은 감미로웠고 무감각했다. 그러므로 죽음을 너무 두려워할 필요는 없었다.

그런 교훈을 떠나, 몽테뉴는 이 경험에서 좀 더 중요한 현대적인 교훈을 끌어낸다. 정체성에 대해, 육체와 영혼의 관계에 대해 숙고해보는 계기가 된다. 그는 의식이 없는 상태에서도 행동하고 말하고, 심지어는 소식을 듣고 달려온 아내를 잘 보살피라는 지시까지 일행에게 내린 모양이다. 우리의 의지가 개입하지 않는데도 우리의 육체가 행동하고 말하고 명령을 내린다면, 우리는 대체 무엇이란 말인가? 우리의 자아는 어디에 있는가? 이 낙마 덕분에 몽테뉴는 데카르트에 앞서, 현상학과 프로이트에 앞서, 주관성과 의도에 관한 수세기에 걸친 불안을 예측한다. 그리고 정체성은 불안정하고 불연속적이라는, 자기 나름의 정체성론을 만들어낸다. 말에서 떨어져 본 사람이라면 누구나 그것을 이해할 수 있을 것이다.

몽테뉴와 함께하는 여름

06

저울

몽테뉴는 법관이었다. 그는 법률을 공부했고 텍스트의 모호성에, 법률뿐만 아니라 문학·철학·신학 등 모든 텍스트의 모호성에 매우 예민했다. 모든 것이 해석과 반론의 대상이고, 언쟁은 언제나 우리를 그 본래 의미에 접근시키기는커녕 더 멀어지게 한다. 우리는 점점 더 진리에 도달할 수 없게 하는 주석들만 잔뜩 늘려갈 뿐이다. 이 점을 몽테뉴는 〈레몽 스봉에 대한 변호〉장에서 상기시킨다.

"우리의 화법에는 다른 모든 것이 그러하듯 약점과 결점이 있다. 이 세상에서 벌어지는 갈등은 대개 문법적인 문제와 관련이 있다. 소송은 법률 해석에 관해 이견이 있을 때만 벌어진다. 또한 전쟁은 대개 협약과 조약을 명백히 규정짓지 못한

왕들의 무능에서 비롯된다. **호크Hoc**(이것)라는 음절의 의미에 대한 의혹이 이 세상에 얼마나 많은 분쟁과 중요한 사건들을 만들어냈는가?"(제2권 12장, 820)

르네상스인인 몽테뉴는 주석―라블레가 **파에세스 리테라룸faeces literarum**(문자 똥)이라며 배설물에 비유했던―을 쌓는 중세의 전통을 조롱한다. 몽테뉴는 플라톤과 플루타르크와 세네카의 원전으로, 저자들에게로 되돌아가자고 주장한다.

그뿐만이 아니다. 몽테뉴가 보기에 이 세상의 모든 갈등―소송과 전쟁, 공·사적 분쟁 등―은 말들의 의미에 대한 오해와 관련이 있다. 개신교와 가톨릭교를 가르는 갈등조차도 그렇다. 이를 몽테뉴는 성체성사에 쓰이는 **호크**라는 음절의 의미에 대한 언쟁으로 요약한다. "Hoc est enim Corpus meum, Hic est enim Calix Sanguinis Mei", 그리스도가 그렇게 말했고, 사제가 이를 반복한다. "이것은 내 몸이요, 이것은 내 피니라." 화체설[3]이나 실재적 임재설[4]에 따르면, 빵과 포도주는 그리스도의 살과 피로 변한다. 그러나 칼뱅주의자들은 그리스도가 빵과 포도주 속에 영적으로만 임재한다고 주장한다. 종교 개혁을 한낱 언어 분쟁으로 축소해버린 몽테뉴는 이를 어떻게 생각했을까? 우리로서는 전혀 알 수 없다. 그는 자신의 내밀한 확신을 혼자서만 간직한다.

"논리학이 우리에게 가장 명확한 것이라고 제시할 조항을 예로 들어보자. 당신이 '날씨가 좋다'고 말하고, 그 말이 참말이면, 날씨가 좋은 것이다. 이야말로 확실한 어법 아닌가? 하지만 이런 어법도 우리를 기만할 수 있다. 정말 그런지 다음 예를 보자. 당신이 '나 거짓말 해'라고 말하고, 그 내용이 참말이면, 당신은 거짓말을 한 것이다. 이 결론의 기교와 이치와 효력은 위의 것과 같지만, 그런데도 우리는 이렇게 수렁에 빠져들고 만다."(820)

그는 크레타 사람 또는 거짓말쟁이의 역설을 인용

---

3 성찬 시 떡과 포도주가 사제의 축복에 의해 형상은 그대로이나 실존 양식은 그리스도의 몸과 피로 변한다는 교리.
4 성찬 시 떡과 포도주에 예수 그리스도가 영적으로 임재한다는 주장.

하여, 성체성사의 예를 자신의 회의주의를 확고히 하는 데 이용한다. "한 사람이 '나 거짓말 해'라고 선언한다. 그 내용이 참말이면 거짓말이 된다. 그 내용이 거짓말이면 참말이 된다." 몽테뉴는 '판단 중지'를 의혹의 유일한 논리적 결론으로 주장한 그리스 철학자 피론의 제자다. 아니, 몽테뉴가 더 급진적이다. 그는 '나는 의심한다'라는 명제마저 반박한다. 내가 의심한다고 말하면, 그 말에 대해서는 의심하지 않기 때문이다. "내가 보기에 피론 학파 철학자들은 자신들의 일반적 개념을 어떤 화법으로도 표현할 수 없다. 그들에게 새로운 언어가 필요하기 때문이다."(820~821)

이 새로운 언어, 몽테뉴는 그것을 단언이 아닌 질문의 형태로 자기만의 경구를 만듦으로써 찾아냈다. "이 기이한 생각은 '나는 무엇을 아는가?'라는 질문으로 더욱더 확실해지며, 그래서 나는 이 질문을 내 저울의 경구로 새겨두고 있다."(821) 이 평형 상태의 저울은 그의 곤혹감, 그의 선택 거부 또는 불능을 대변한다.

07

자웅동체

1580년에 로마 여행길에 오른 몽테뉴는 독일을 경유하던 중, 여자로 태어나 20년 이상을 살다가 남자가 된 한 사람을 만났다.

"나는 비트리 르 프랑수아라는 곳을 지나가다가, 수아송 지방 주교가 제르맹이라는 이름을 지어준 한 남자를 만났는데, 그곳 주민들은 그가 스물두 살이 될 때까지 그를 마리라는 이름의 여자로 알고 지냈다. 내가 본 그는 결혼한 적이 없는 수염이 더부룩한 노인이었다. 그의 말인즉, 뜀뛰기를 좀 했더니 음경이 생기더라는 것이다. 그래서 그 지역 소녀들 사이에서는 걸음을 너무 크게 내디디면 마리 제르맹처럼 남자가 될지도 모르니 조심하자는 내용의 동요가 아직도 불리고 있다고 한다. 이런 사고는 너무나 자주 일어나서 그리 신기한 일이

못 된다. 상상력에 의해 그런 일이 일어날 수 있고, 또 상상력이 그토록 지속적이고 열렬하게 그런 주제에 집착한다면, 그렇게 자주 똑같은 생각과 극심한 욕망에 빠져들지 않도록, 아예 남성의 그 부분을 소녀들의 몸에 심어버리는 편이 나을 것이다."(제1권 20장, 148~149)

동시대인들과 마찬가지로, 몽테뉴도 의사인 앙브루아즈 파레의 저서 《괴물들과 신기한 존재들》의 한 장인 이 '남자로 변한 여자들의 잊을 수 없는 이야기'에 흥미를 느낀다. 르네상스는 자연의 진기한 일들에 호기심을 느꼈고, 남자인 동시에 여자인 자웅동체도 그중 하나다. 마리는 육체적 노력 덕에, 그때까지 사람들이 그를 여자로 믿을 만큼 안쪽에 파묻혀 숨겨져 있던 음경이 뽑혀 나와 제르맹이 되었다.

하지만 몽테뉴는 이 경이를 별것 아닌 일로 여긴다. 그런 사고는 자주 일어나니, 남자로 변하는 걸 피하려고 다리를 크게 벌리며 걷지 않는 소녀들의 행동은 옳다고 말한다. 그 원인은―이 일화가 나오는 장의 제목인―"상상력의 힘"이다. 소녀들은 섹스에 대해 많이 생각하는 대신, 재빨리 자신들의 몸에 음경이 자라나게 했다. 열심히 그것을 생각하다 보니 그것이 그들의 몸에서 자라난다. 여기서의 핵심은 프로이트가 여아의 발달 단계로 이론화한 "페니스에 대한 욕망"이 아니라, 《팡타그뤼엘 제3서》의 저자 라블레에게나 몽테뉴에게나 신비스럽기만 한 여성의 욕망이다. 남자가 되기를 간절히 바라면 남자가 된다. 종종 그렇듯이, 여기서 몽테뉴가 하는 이야기가 조롱 삼아 하는 말인지, 우리로서는 판단하기가 어렵다.

이어서 몽테뉴는 상상력의 힘을 예시하는 좀 더 일상적인 여러 사례를 훨씬 더 길게 거론한다. 그중 하나는 바로 남자의 불능, 즉 "끈 묶기"라는 것이다. 사람들은 신혼 초야를 치르지 못하도록 마법의 주문을 외며 끈을 묶는 저주를 그렇게 불렀다. 몽테뉴는 한 친구에게서 남성 구실을 제대로 하지 못했던 경험담을 들은 후, 남성의 기능이 꼭 필요한 순간에 그 이야기를 떠올린 탓에, "나의 피고 선생"(156) — 그는 재미나게도 자신의 음경을 이렇게 부른다. "그에 관한 일이라면 내가 마치 나 자신이 대답하듯 답할 수 있는 그런 그자"(150)

의 변호인을 자처하면서 말이다—이 자신의 말을 듣지 않았던 자초지종을 거리낌 없이 털어놓는다.

나로부터 독립적인 자기 고유의 의지라도 있는 양, 내 명령을 듣지 않고 자기 고집대로만 하려는 불손하고 제멋대로이고 반항적인 이 음경보다 육체와 영혼의 복잡한 관계를 더 잘 예시해주는 것도 없을 것이다. "그가 원했으면 하고 우리가 바라는 것을 과연 그가 늘 원할까?"(156), 하고 몽테뉴는 묻는다. 그는 정체성이라는 것을 정신·의지·상상력 같은 여러 소송 행위자들이 마치 희극 무대 위에서 대화하고 언쟁하는 한 편의 짧은 심리극처럼 보여준다.

08

빠진 이

죽음은 몽테뉴가 깊이 성찰하며 부단히 되돌아가는 큰 주제 중 하나다. 제1권 첫머리에 실린 〈철학이란 죽음을 배우는 것〉 장에서부터, 몽테뉴가 전쟁이나 흑사병 같은 재해에 노출된 농부들의 의연한 태도, 독 당근 액을 마시는 소크라테스처럼 침착한 그들의 태도를 예찬하는 제3권 말미의 〈외모에 대하여〉 장이라든가 〈경험에 대하여〉 장에 이르기까지, 《수상록》은 곧 죽음을 준비하게 하는 책이기도 하다.

"신은 생명을 조금씩 앗아감으로써 인간에게 은총을 베푼다. 그것이 노화의 유일한 혜택이다. 덕택에 마지막 단계에서의 죽음은 그만큼 덜 완전하고 덜 고통스러울 것이다. 즉, 노화는 인간 존재의 절반이나 4분의 1만 죽이게 될 것이다. 얼마 전에 내 이가 하나 빠졌다. 아프지도 힘들지도 않았다. 수명을 다한 자연스러운 종말이었다. 내 존재의 이 부분과 다른 여러 부분이 이미 죽었고, 팔팔했던 시절에 다른 무엇보다도 튼튼하여 가장 활동적이던 다른 부분들도 반쯤 죽은 상태다. 이렇게 나는 무너져내리며 나에게서 벗어난다." (제3권 13장, 1716~1717)

일생에 한 번뿐인 죽음은 시험해볼 수 없지만, 몽테뉴는 자신에게 죽음을 미리 느낄 수 있게 해준 모든 경험을 활용한다. 예를 들면—앞에서 언급한—낙마 후 감미롭고 평화로운 죽음처럼 여겨진 혼절 경험이 그렇다. 여기서는 이가 빠진 것을 죽음에 대한 짧은 우화의 계기로 삼는다.

늙는 것도 한 가지 이점은 있다. 덕택에 우리가 단숨에 죽지 않고, 조금씩, 점진적으로 죽는다는 것이다. 그래서 몽테뉴가 "마지막 죽음"이라고 부르는 죽음은 활짝 핀 청춘기에 맞이하는 죽음처럼 그렇게 칼로 자르듯 찾아들지는 않을 것이다. 빠진 이—몽테뉴는 이를 재앙이 아니라 그저 흔히 일어나는 불행으로 여기는 것 같다―는 늙어감의 징표이며 죽음의 전조다. 그는 그것을 육신을 엄습하는 다른 쇠락들과 비교하는데, 왕성한 정력의 감퇴를 그 하나로 생각한다. 이와 섹스, 이 둘을 몽테뉴는 프로이트에 앞서 권력의 기호들로 한데 묶거나, 잃었을 때는 무능의 기호들로 한데 묶는다.

"이미 상당히 진척된, 이 추락을 전적인 추락인 양 느낀다는 건 얼마나 바보 같은 짓인가? 나는 그러길 바라지 않는다."(1717) 이 마지막 단락은 좀 모호한 데가 있다. 인간의 남은 찌꺼기만 가져갈 뿐인 마지막 죽음을 전적인 것처럼 느낀다는 건 바보 같은 짓이라는 얘기다. 몽테뉴는 그렇게 느끼지 않기를 바란다. 하지만 정말 그렇게 확신하는가? 그는 자신에게 묻고 있으며, 질문을 제기한다는 건 곧 그것이 의문임을 인정하는 것이다. 아무리 이를 하나 잃고, 신체 여러 부분의 쇠락을 확인하더라도, 그렇다고 해서 마지막 죽음이 덜 전적으로 체험되지는 않을 것이다.

"죽음은 우리 삶 곳곳에 섞이고 녹아든다. 쇠락은 호시탐탐

때를 노리며 우리 삶의 진행 자체에 끼어든다. 나는 스물다섯 살과 서른다섯 살 때의 내 초상화를 갖고 있다. 그 초상화들을 지금의 초상화와 비교해본다. 아무리 봐도 더는 내가 아니다. 지금의 내 이미지는 그 초상화들과 얼마나 거리가 멀며, 내가 운명할 때의 초상화와는 또 얼마나 멀까."(1718)

몽테뉴는 이성적으로 사유한다. 다시 말해, 그의 정신이 상상력을 훈계한다. 우리는 다양한 나이대의 사진을 갖고 있고, 빛바랜 사진 속의 내가 더는 내가 아니라는 사실을 안다. 몽테뉴는 지금 이 시각의 나와 예전의 나 사이의 차이를 강조한다. 그래도 내 속의 뭔가가 아직 온전하게 남아 있다. 옛 사진을 보며, "이 사람은 이제 더는 내가 아니다"라고 그는 말한다. 아직 나 하나가, 손상되지 않은 삶 하나가 고스란히 남아 있다는 얘기다. 바로 이 나가 죽음을 맞이할 것이다.

09

신세계

아메리카 대륙의 발견과 그 뒤를 이은 식민지 원정들은 유럽의 사상가들에게 깊은 인상을 남겼다. 어떤 이들은 그것을 토마토·담배·바닐라·고추·특히 황금 등, 아메리카 대륙에 많은 빚을 지는 서구의 진보와 밝은 미래의 근거로 삼았다. 하지만 몽테뉴는 우려를 표한다.

"우리 세계는 최근 자기 못지않게 드넓고 평평하고 사지 건강한 다른 세계(그가 그의 여러 형제 중 마지막이라고 누가 장담하겠는가? 악마도 무녀도 우리도 지금껏 그런 세계가 있다는 것을 모르고 살지 않았는가?)를 발견했다. 하지만 너무 새롭고 어려서 아직 우리한테 a, b, c를 배우고 있다. 50여 년 전만 해도 그는 문자도 저울도 측량법도 의복도 밀도 포도도 알지 못했다. 벌거숭이로 어미 품에 안겨 젖으로만 연명했다. 결말이 어찌 될지 결론을 내려보자면 (…), 이 다른 세계는 우리 세계가 빛에서 빠져나갈 때쯤에야 빛 속으로 들어설 것이다. 우주는 마비될 것이다. 다리 하나는 움직이지 못하고, 다른 하나는 팔팔할 테니까."(제3권 6장, 1423~1424)

몽테뉴는 새로운 세계들의 발견이 아직 끝나지 않았음을 시사하며, 우리가 결국 어떤 귀결에 이르게 될지 묻는다. 그는 신세계가 자신이 속한 세계에 비해 순수한 세계라고 생각하고, 문자나 의복, 빵과 포도주 등 그 세계에 없는 것으로 신세계를 특징 짓는다. 중요한 종교적 질문들이 기저에 깔려 있다. 그들이 낙원의 아담과 이브처럼 벌거벗고도 수치를 모르는 것은 '전락'을 겪지 않아서가 아닐까? 그들이 원죄를 짓지 않아서가 아닐까?

이 다른 세계는 구세계보다 더 자연 상태에 가까운 듯하다. 그리고 몽테뉴에게 자연, 어머니 자연은 언제나 선善이다. 그는 자연을 인공과 대비시키며 예찬해 마지않는다. 우리는 자연과 가까울수록 더 좋으며, 따라서 신세계의 남자와 여자들은 콜럼버스가 그들을 발견하기 전에 더 잘 살았다.

몽테뉴는 발전 단계가 다른 두 세계의 접촉이 우주에 초래할 불균형을 우려한다. 그는 우주를 인체 모델에 따라 이해한다. 인간이라는 소우주와 대우주는 유사類似 관계라는 생각에 따라서다. 우주는 한 다리는 튼튼하고 다른 하나는 불구인 기형의 몸이 될 것이며, 휘어지고 불균형하여 절뚝거리게 될 것이다.

《수상록》의 저자는 진보를 믿지 않는다. 역사를 순환으로 보는 그의 역사철학은 아이에서 성인으로 그리고 노년으로 이어지는, 또는 성했다가 쇠하는 인간의 삶에 투사되어 있다. 아메리카 대륙의 식민지화에는 좋은 조짐이 전혀 없다. 구세계가 신세계를 타락시킬 것이기 때문이다.

"나는 우리가 신세계를 전염시켜 쇠퇴와 몰락을 너무 재촉하는 것은 아닌지, 우리의 사고방식과 기술을 너무 비싸게 팔아넘기는 것은 아닌지 두렵다. 그 세계는 어린아이 같았다. 우리의 능력과 타고난 힘으로 그 아이에게 채찍질을 가해 우리의 규율에 복종시키지 않았더라면, 그에게 우리의 정의와 선을 행사하지 않고, 포용한답시고 군림하지 않았더라면…"(1424)

구세계와의 접촉으로 신세계는 몰락을 향해 더욱 빨리 나아가게 될 것이다. 그렇다고 우리가 다시 젊어지는 것도 아니다. 역사는 한 방향으로만 나아가며, 우리의 황금시대는 이미 지나갔기 때문이다. 신세계를 정복한 것은 우리의 도덕적 우월함이 아니다. 그들을 굴복시킨 것은 우리의 야만적 힘이다.

당시 몽테뉴는 멕시코의 찬란한 문명을 야만적으로 파괴한 스페인 식민자들의 잔학한 짓을 처음으로 이야기한 책들을 막 읽고 난 참이었다. 그는 식민주의를 처음으로 비판한 사람들 가운데 하나다.

10

악몽

몽테뉴가 《수상록》을 집필한 이유는 무엇일까? 그는 제1권의 짧은 장 〈무위에 대하여〉에서 이를 설명하는데, 그가 1571년 은퇴 이후에 겪은 고초를 이렇게 서술한다.

"최근에 나는 얼마 남지 않은 여생을, 되도록 다른 일에 휩말리지 않고, 따로 떨어져 휴식만 취하며 보낼 생각으로 은퇴하여 집으로 물러났다. 완전한 한가로움 속에서, 자기 자신을 관리하고, 자기 안에 멈춰서 마음을 가라앉히는 것보다 나의 정신에 더 이로운 게 없을 것 같았다. 이제 나의 정신이 좀 더 여유로워지고, 세월과 더불어 더 진중해지고 성숙해지기를 나는 바랐다. 한데 'variam semper dant otia mentem(무위는 언제나 정신을 불안정하게 만든다)'라는 루카누스[5]의 말처럼,

내가 보기에 정신은 오히려 고삐 풀린 말처럼, 남의 짐까지 가져와서 자신에게 백 배 더 많은 짐을 지우는 것 같다. 질서도 목적도 없이, 층층으로 쌓인 무수한 키메라와 괴물들을 내 안에 꾸며내어서는, 그 어리석음과 기이함을 마음껏 명상하고자, 나는 그것들에 배역을 주기 시작했다. 세월이 지나 나의 정신이 자신을 부끄러워했으면 하는 마음으로."(제1권 8장, 87)

몽테뉴는 서른여덟 살에 보르도 고등법원 판사직을 사직한 후《수상록》을 쓰게 된 연유를 이야기한다. 고대의 모델에 따라 그가 바란 것은 자신을 찾고 자신을 알기 위해, 공부하며 휴식하고, 책 읽으며 여가를 보내는, 공부하는 **유유자적**otium studiosun이었다. 몽테뉴는 키케로와 마찬가지로 인간은 공적인 삶이나 사회·직장에서는 진정으로 자기 자신일 수 없으며, 고독과 명상과 독서 속에서 본래의 자신을 되찾을 수 있다고 생각한다. 명상적 삶을 활동적 삶보다 우위에 두는 그는 사회 활동에서, 즉 **유유자적**otium의 반대 개념인 **일**negotium

---

5 Marcus Annaeus Lucanus(39∼65), 고대 로마의 시인이자 철학자.

에서 자아를 실현한다고 생각하는 근대인이 아직 아니다. 이 근대 노동 윤리는 개신교의 부상에 따른 것으로, 이와 더불어 무위는 지고의 가치를 잃고 나태의 동의어가 되었다.

한데, 몽테뉴가 뭐라고 말하는가? 고독 속에서 정신을 집중하고 평온을 되찾기는커녕, 불안과 두려움에 맞닥뜨렸다고 그는 말한다. 이 영혼의 병은 유혹의 시간인 낮잠 시간에 수도승들을 엄습하던 바로 그 멜랑콜리요, 슬픔이요, 우울이다.

몽테뉴는 나이가 들면 자신이 좀 더 진중해질 것으로 생각했지만 사실은 그렇지 않았다. 그의 영혼은 집중하기는커녕 동요한다. "고삐 풀린 말"이라는 멋진 이미지대로, 사방으로 날뛰며, 그가 직무에 짓눌려 지내던 법관 시절보다 더 산만해진다. 그의 상상력을 온통 사로잡는 "키메라와 환상적인 괴물들", 그것은 그가 바랐던 평화가 아니라 히에로니무스 보스의 그림 〈성 안토니우스의 유혹〉에 나타나는 것 같은 악몽들이요 고뇌들이다.

그래서 그는 글을 쓰기 시작했다고 말한다. 은퇴의

본래 목적은 집필이 아니라, 독서·성찰·명상이었다. 집필은 불안을 잠재우거나 악마들을 길들이는 방편으로, 치료제로 고안되었다. 몽테뉴는 머릿속에 떠오르는 상념들을 기록하기로, 그것들에 "배역을 주기로" 결심했다고 적고 있다. 배역이란 곧 대장臺帳이요, 커다란 입출 기록부다. 몽테뉴는 자기 생각들, 자기 망상들의 가계부를 적기로 마음먹었다. 망상들에 질서를 부여하고, 다시 자기 자신을 제어하기 위해서 말이다.

요컨대 몽테뉴는 고독 속에서 지혜를 구하려다 살짝 광기에 빠졌다. 그리고 자신의 그 환상과 망상을 기록함으로써 그것들에서 벗어나 자신을 치유했다. 그에게 《수상록》 집필은 자기 자신을 다스리는 수단이었다.

11

진솔함

1580년 몽테뉴는《수상록》첫 두 권을 출간하면서 관행에 따라 '독자에게' 전하는 중요한 말을 서두에 실었다.

"독자여, 이 책은 진솔하게 쓰인 책이다. 미리 일러두거니와, 이 책에서 나는 가정적이고 사적인 것을 기록하는 것 외에 다른 어떤 것도 생각하지 않았다. 이 책으로 그대에게 도움을 주려 한다거나 나의 영광을 꾀하려는 생각은 전혀 하지 않았다. 그런 일들은 내 힘으로 할 수 있는 일이 아니다."(53)

물론 그는 서문을 쓰는 관행을 따랐을 것이다. 일반적으로 서문은 기꺼이 겸손을 내보이는 형식을 취하며, 저자는 독자에게 최대한 좋은 모습을 보이려고 한다. 한데 몽테뉴는 이 전통을 가벼이 여기고서, 자신이 하는 시도의 위대한 독창성을 암시함으로써 그런 전통을 뒤엎어버렸다.

대번에 그는 글머리에서, 앞으로 《수상록》에서 내내 강조하게 될 인간의 가장 본질적인 덕목인 **믿음foi** 또는 **진솔함bonne foi**을 앞세운다. 그것은 그가 자신하는 유일한 덕목이다. 그가 보기에 그것은 모든 인간관계의 구축에 없어서는 안 될 가장 중요한 요소다. 믿음의 라틴어 어원 **피데스fides**는 믿음뿐만 아니라 충실, 즉 신의의 존중도 의미한다. 믿음·충실·신뢰·그리고 속내 토로, 이 모든 것은 하나다. 즉 상대에 대한 나의 약속이요, 약속하면 그 약속을 지키는 것이다.

몽테뉴가 서문에서 약속한 진솔함이란 잔꾀나 술수, 가면, 속임수, 사기가 없다는 것이다. 요컨대 정직하고 충실하며, 외양과 실재, 셔츠와 피부가 일치한다는 보증이다. 진솔한 사람 진솔한 책이니 믿어도 좋으며, 기만당하는 일은 없을 거라는 얘기다.

몽테뉴는 자신이 삶에서, 사회 활동에서 늘 행동해 온 대로 독자와도 신뢰 관계를 구축하고 싶어 한다. 신뢰 관계의 밑바탕은 서로 이득을 바라지 않는 것, 즉 어떤 대가나 보상을 바라지 않는 것이다. 몽테뉴는 가까운 주변 사람들끼리만 돌려보려고 쓴 이 책에서 독자를 가르치려 들지도 자신의 기념비를 세우려 들지도 않는다. 그가 죽은 뒤 지인들이 그를 기억하고 책 속에서 그의 모습을 발견할 수 있도록, "나는 부모님과 친구들의 각별한 편의를 위해 이 책을 바친다"(53)라고 그는 말한다. 그래서 그는 아무런 꾸밈 없이 자신을 드러낸다.

"세상의 호의를 얻고 싶었다면 아름다운 것들을 빌려와 나를 치장했을 것이다. 나는 사람들이 이 책에서 애써 꾸미지 않은, 있는 그대로의 자연스럽고 평범하고 소박한 나를 보아주길 바란다. 내가 그리는 것이 바로 나이기 때문이다."(53)

사정이 허락했다면 아마도 그는 브라질 인디언들처럼, "기꺼이 자신의 전모를 알몸 그대로 그렸을" 것이다.
몽테뉴가 자신의 영지로 은퇴했을 때 처음 계획했던 바와는 달리, 그의 책은 자화상의 형식을 취한다. 초기에 쓴 장들에서는 자신을 그리지 않다가, 점차 지혜의 조건으로서 자신을 탐구하기에 이르고, 자기 인식의 조건으로서 자신을 묘사하기에 이른다. "너 자신을 알라"라는 소크라테스의 가르침을 따르려면 그로서는 자화상의 형식을 취할 수밖에 없었다.

한데 이 책이 정말 하나의 정신 훈련이요 일종의 의식 검토 같은 것이라면, 그 목적이 저자의 영광이나 독자를 가르치는 데 있지 않다면, 굳이 출간해서 독자에게 넘길 필요가 뭐가 있을까? 몽테뉴도 그런 의문을 인정한다. "이렇듯, 독자여, 이 책의 소재는 바로 나 자신이다. 이토록 하찮고 헛된 인물에게 그대의 여가를 바칠 필요가 없다."(53) 그는 자신의 독자를 물리치는 척하면서 도발한다. 내 책을 읽느라 시간 낭비 말고 당신 갈 길을 가라고 말한다. 독자를 유혹하는 데 이보다 더 나은 방법이 없음을 그는 안다.

말 탄 자세

몽테뉴는 말을 탄 모습으로 그려져야 한다. 우선 자신의 집 근처인 영지와 보르도 사이를 오갈 때나, 좀더 먼 파리·루앙·블루아 등 프랑스 국내를 다닐 때, 그리고 1580년의 스위스·독일·로마까지 이어지는 장거리 여행 때도 그가 늘 말을 타고 이동했기 때문에 그렇다. 또한 그가 다른 어느 곳보다 말 등에서 가장 편안함을 느꼈고 말 위에서 자신의 균형을, 자신의 자세를 찾았기 때문에도 그렇다.

"(…) 여행은 유익한 수행인 것 같다. 여행하는 동안 영혼은 새로운 미지의 것들을 주목하느라 지속적인 성찰에 빠져든다. 종종 말했듯이 나는 수많은 다른 삶들, 색다른 것들, 다양한 관습들을 부단히 접하고 우리 자연의 그 끝없는 다채로움을 맛보는 것이야말로 삶을 도야陶冶하는 최고의 학교라고 생각한다. 여행하는 동안 몸은 한가롭지도 바쁘지도 않으며, 그 절제된 흔들림은 몸을 숨 쉬게 한다. 나는 복통을 앓는 사람임에도, 말을 타면 여덟 시간이고 열 시간이고 질리는 법이 없고 말에서 내리지 않는다."(제3권 9장, 1519)

우선, 여행은 세상의 다양성을 만나게 해주며, 몽테뉴는 이보다 더 좋은 교육은 없다고 생각한다. 여행은 자연의 풍성함을 보여주고, 관습과 신앙의 상대성을 증명해주고, 확신을 내려놓게 한다. 요컨대 여행은 몽테뉴의 기본 원칙인 회의주의를 가르쳐준다.

다음으로, 몽테뉴는 말을 타고 하는 산책에서 특별한 즐거움을 맛본다. 그것은 움직임과 안정을 공존케 하고, 명상에 이로운 균형과 리듬을 육체에 제공한다. 말馬은 일에서 해방해주되 무위에 빠져들게 하지는 않으며, 몽상에 잠길 여지를 준다. 승마는 그에게 일종의 매개적이고 이상적인 상태를 가리키는 두 단어의 아름다운 조합인 "절제된 흔들림"을 제공한다. 아리스토텔레스는 걸으면서 생각했고, 산책하면서 가르쳤다. 몽테뉴는 말을 타고 달리거나 걸으며 생각을 떠올린다. 심지어 자신의 신장 결석, 자신의 신장과 방광에 있는 돌들까지 잊는다.

으레 그러듯, 그는 자신의 여행 취미, 특히 말을 타고 하는 여행 취미가 우유부단함이나 무능의 표시로 해석될 수 있음을 인정한다.

> "나는 말 그대로 이 여행의 즐거움이 불안감과 우유부단함의 증거가 될 수 있음을 잘 안다. 그것들 또한 우리의 지배적인 주요 특질들 아닌가. 그렇다, 고백한다. 나는 꿈이나 소망이 아닌 다른 어디에 나의 의지처가 있는지 알지 못한다. 오직 다채로움과 다양성을 소유하는 것만이 내게 가치 있는 일이다. 여행은 내게 그 자체로 교육이 되어주기에, 별 소득 없이도 어디서나 멈출 수 있고, 어디를 가도 내겐 마음 편히 기분 전환할 거리가 있다."(1540)

여행을 너무 좋아하는 것, 그것은 멈추지 못하고 결심하지 못하고 정착하지 못하는 면모를 드러낸다. 그러므로 그것은 곧 안정을 잃는 것이요, 항구성보다 불안정을 선호하는 것이다. 그런 점에서 몽테뉴에게 여행은 생의 은유다. 그는—목표 없이, 세상의 손짓에 마음을 열어두고—여행하듯이 산다. "어떤 이득이나 토끼를 뒤쫓는 자들은 달리는 게 아니다. (…) 내 삶의 여행도 마찬가지다."(1525)

그래서 그는 죽음을 선택할 수 있다면 "침대 위가 아니라 말 위에서 죽을" 거라고 말한다. 몽테뉴는 집과 식구들에게서 멀리 떨어져, 말을 타고 여행하다가 죽기를 꿈꾸었다. 말 위에서의 삶과 죽음은 그의 철학을 완벽하게 대변한다.

13

서재

　도르도뉴 지방, 베르주라크 근처, 생-미셸-드-몽테뉴에 있는 '라 투르 드 몽테뉴'(몽테뉴의 탑)는 방문해볼 만한 작가들의 집 중 가장 감동적인 곳이다. 몽테뉴의 부친인 피에르 드 몽테뉴가 건립한 성은 16세기 양식의 커다란 둥근 탑만 남긴 채 19세기 말에 불타버렸다. 몽테뉴는 가능한 시간 대부분을 이곳에서 보냈다. 이곳으로 물러나 책을 읽고 명상하고 글을 썼다. 그의 서재는 가정과 사회생활, 세상의 요동과 시대의 폭력으로부터의 도피처였다.

　"집에 있을 때 나는 자주 서재에 머물며 거기에서 한 손으로 집안일을 지휘한다. 입구에 서서 아래를 내려다보면 정원이며 가금 사육장, 안마당과 집안사람들 대부분이 한눈에 보인다. 서재에서 나는 순서나 계획 없이 어느 때는 이 책을 또 다른 때는 저 책을 집히는 대로 들춰본다. 어느 때는 꿈을 꾸기도 하고 어느 때는 방안을 거닐며 이 책에서처럼 떠오르는 상념들을 끼적인다. 서재는 탑의 4층에 있다. 2층은 예배당이고, 3층은 내가 혼자 있고 싶을 때 종종 잠을 자는 침실과 그 부속실이다. 위에는 큰 옷장이 하나 있다. 옛날에나 쓰이던 곳으로, 지금 우리 집에서 가장 쓸모없는 장소다. 나는 내 생의 날들 대부분을, 하루의 시간 대부분을 이 서재에서 보낸다. 밤에는 절대 머무르지 않는다."(제3권 3장, 1294)

이 모퉁이의 탑에서 몽테뉴는 자신의 큰 저택을 관리했고, 집안에서 벌어지는 일들을 이렇듯 높은 곳에서 멀찍이 바라보며 보살폈다. 하지만 그는 무엇보다도 이곳으로 숨어들어 자신을 되찾고 그의 말대로 책의 "품속"에서 "자기 자신이 되고자" 했다. 이 서재는 그가 1571년에 은퇴한 뒤 들보들에 새기게 한 수많은 그리스어와 라틴어 문장들로 유명하다. 그 문장들은 그의 독서—성과 속을 아우르는—의 폭과 그의 환멸의 철학을 증언한다. 이 들보들에 적힌, 성경의 가르침이자 그리스 철학의 지혜를 조합한 전도서의 "모든 것이 헛되다Per omnia vanitas"라는 문구는 삶에 대한 그의 생각을 가장 잘 요약한다.

자신이 하는 일들이 아무 가치 없는 것들인 양 소개하는 그 방식도 감동적이다. 그는 책을 읽는 게 아니라 뒤적거린다고 하고, 글을 쓰는 게 아니라 끼적인다고 말한다. 계획도 없고, 생각들을 이어나가는 것도 아니다. 사람들은 선형적이고 지속적인 독서가 오늘날의 디지털 세계에서는 사라지고 있다고 말한다. 한데 몽테뉴는 이미—어쩌면 아직도—나비처럼 이리저리 날아다니는 변덕스럽고 산만한 독서, 자신의 책을 꾸밀 문장을 인용할 작품을 애써 찾으려 하는 일 없이, 좋은 게 있으면 그때그때 취하면서, 이 책에서 저 책으로 두서없이 옮겨 다니는 변덕스럽고 우발적인 독서를 옹호했다. 그의 책은 계산이 아니라 몽상의 산물이라고 몽테뉴는 강조한다.

강렬한 행복감이 몽테뉴가 서재에서 보내는 학구적인 여가 활동을 물들인다. 한 가지만 있었다면 그의 행복은 더욱 커졌을 것이다. 테라스만 있었다면 걸으면서 사색할 수 있었을 텐데, 몽테뉴는 비용 때문에 뒤로 물러난다.

"(…) 비용도 걱정이었지만, 이에 마음이 쓰여 할 일을 전혀 못 하게 되리라는 걱정만 없었어도, 어렵지 않게 나는 이 서재 양쪽 끝에 길이 100보, 폭 12보의 긴 회랑 하나를 이어 붙이고, 다른 용도로, 필요한 높이만큼 벽을 쌓아 올렸을 것이다. 외진 장소에서는 산책하는 공간이 필요하다. 내 생각들은 앉히면 잠들어버린다. 나의 정신은 두 다리가 흔들어주지 않으면 움직이지 않는다. 책 없이 공부하는 이들은 모두 그렇다."(1294)

몸을 움직여야만 생각을 잘 할 수 있다는 그의 생각은 여기서도 변함이 없다.

14

여성 독자들에게

몽테뉴는 《수상록》을 프랑스어로 쓰기로 했다. 1570년대에는 그런 결정이 당연하지 않았다. 작가는 1588년 〈허영심에 대하여〉 장에서 이를 설명한다.

"나는 얼마 되지 않을 시간과 몇 안 되는 사람을 염두에 두고 이 책을 쓴다. 오래 갈 책이라면 좀 더 단단한 언어로 써야 했을 것이다. 우리의 언어가 지금까지 겪어온 지속적인 변화를 고려한다면, 현재의 형태가 50년 후에도 통용되기를 누가 바랄 수 있겠는가? 프랑스어는 매일 우리의 손아귀에 빠져나간다. 내가 사는 동안만 해도 절반 정도가 바뀌었다. 우리는 그 언어가 지금 완벽하다고 말한다. 하지만 세기마다 자신들의 언어가 그렇다고 말하지 않는가."(제3권 9장, 1532)

몽테뉴는 대중의 언어, 일상의 언어를 택하고 지식
인의 언어, 철학과 신학의 언어를 내팽개쳤다. 고대인
들의 기념비적인 언어를 포기함으로써, 그는 자신의
성찰들을 불안정하고 가변적이고 사멸해버릴 수도 있
는 언어에 담아, 조만간 읽히지 않게 될 수도 있는 위
험을 감수한다.

나는 어떤 바람도 없다는, 나는 향후 수 세기를 생각
해서가 아니라 가까운 주변 사람들을 위해 글을 쓴다는
그의 말은 겸손을 떨기 위해 하는 말 같지 않다. 그가 드
는 구실도 으레 드는 것 같지 않다. 몽테뉴는 살아오면
서 자신의 언어가 변하는 것을 지켜보았고, 그 유동성을
직접 경험했기 때문이다. 그는 자신이 쓰는 말이 조만간
이해하기 힘든 말이 되리라고 예견한다. 1830년에 스탕
달이 자신의 작품은 1880년이나 1930년, 즉 반세기나
한 세기가 지나서도 읽힐 거라는 것을 두고 내기를 한
건 프랑스어가 영원하기를 바란 후세에 대한 희망의
표명이었다. 몽테뉴에게서는 그런 태도를 전혀 찾아볼
수 없다. 자신이 사는 동안 프랑스어가 계속 진화할 터
이기에, 자신의 작품이 오래 읽히지 않으리라는 그의

결론은 진심으로 한 말이다. 다행히도 이 점에서는 그가 틀렸다.

사실 몽테뉴는 어릴 때부터 라틴어를 배웠고, 그런 점에서 그 언어가 모국어라 할 수 있는 만큼 더욱더 쉽게 라틴어를 선택할 수 있었을 것이다. 그의 부친은 아들이 이 언어를 완벽하게 구사하기를 바랐다.

"(…) 아버지가 찾아낸 해결책은 바로 내가 젖먹이로 혀가 아직 굳기 전에 나를 한 독일인의 손에 맡기는 것이었습니다. 지금은 고인이 된 그는 프랑스에서 유명한 의사였는데, 우리말을 전혀 못 하는 대신 라틴어에는 아주 능했습니다. (…) 나머지 집안 식구들, 아버지 자신도 어머니도 하인도 시녀도 나와 함께 있을 때는 모두 나랑 주절대기 위해 배운 라틴어를 역량껏 동원해서 말해야 한다는 것이 어길 수 없는 규칙이었습니다."(제1권 25장, 267~268)[6]

프랑스어보다 라틴어를 먼저 배운 몽테뉴가 프랑스

---

6 '아이들의 교육에 대하여'라는 제목의 이 장은 드 귀르송 백작 부인(디안 드 푸아)에게 보내는 편지 형식으로 쓴 글이다.(―옮긴이)

어로 글을 쓴 것은 이 언어가 그가 원하는 독자의 언어였기 때문이다. 그는 자신의 책을 읽을 독자가 사용하는 언어로 글을 쓴 것이다.

쇠하는 성욕이라는 대담한 주제를 언급하는 〈베르길리우스의 시에 대하여〉 장에서, 그는 자신의 독자들을 떠올린다. 아니, 그의 글을 몰래 숨어서 읽을 여성 독자들이라고 하는 편이 낫겠다.

"내 《수상록》이 부인들에게 거실에 놓이는 공용 가구로만 쓰이는 건 유감스럽다. 이 장은 나의 책을 작은 별실로 쓰이게 해줄 것이다. 나는 그들과 좀 더 사적인 친교를 나누고 싶다. 공적 관계는 호의도 멋도 없기 때문이다."(제3권 5장, 1324)

몽테뉴가 프랑스어로 글을 쓰기로 한 건 그가 바라는 독자층이 남자들만큼 고어에 익숙지 않은 여성들이기 때문이다.

하지만 아마도 여러분은 그가 가장 내밀한 자기 얘기를 털어놓을 때—특히 〈베르길리우스의 시에 대하여〉 장에서—서슴없이 라틴어 시구를 잔뜩 인용하지 않았느냐고 반문할 수 있을 것이다. 그렇다. 그는 모순에 아랑곳하지 않는 사람이다.

15
전쟁과 평화

　《수상록》의 많은 글이 우리에게 전란기의 일상을 엿보게 해준다. 그것도 내전이라는 최악의 전쟁, 운 좋게 살아남기를 바라며 운명을 우연에 맡길 때 과연 우리가 내일 자유인으로 깨어날 수 있을지 알 수 없는 내전 시기의 일상이다. 〈허영심에 대하여〉 장에서 그는 이렇게 적는다.

　"집에서 나는 어쩌면 오늘 밤 누가 나를 배신하고 죽일지도 모른다는 상상을 하며 잠자리에 든 적이 무수히 많다. 그렇게 되더라도 운이 따라 두려움이나 슬픈 우울감이 함께 하지 않기를 염원하면서. 그러고는 주기도문 뒤에 이렇게 외쳤다. Impius haec tam culta novalia miles habebit? (내가 그토록 열심히 가꾼 이 땅을 웬 불경한 병사가 차지한단 말인가?_베르길리

우스)."^(제3권 9장, 1514)

잠들기 전 몽테뉴는 이교도가 섬기는 행운의 신 포르투나와 기독교의 하느님께 자신의 운명을 맡기면서, 이 둘을 화해시키기 위해 베르길리우스를 인용하는 것도 빼먹지 않는다. 그는 자신의 운명을 통제하는 것이 불가능하고, 집의 안전도 자신에게 달린 일이 아님을 잘 안다. 하지만 그는 무슨 일에나 그러듯 사람들이 전쟁에도 익숙해지는 것을 확인한다.

"어떤 치유책이 있을까? 이곳은 나와 내 선조 대부분이 태어난 곳이다. 그들은 이곳에 애착을 갖고 자신들의 이름을 붙였다. 뭐든 습관이 되면 무덤덤해지는 법이다. 그리고 그것은 자연이 우리가 처한 비참한 여건에 베푸는 매우 은혜로운 선물이다. 여러 가지 악의 고통에 무감각하게 해주니 말이다. 내전은 자기 자신의 집에 파수꾼을 세우게 한다는 점에서, 다른 전쟁들보다 더 고약하다. (…) 집안일을 하고 휴식을 취할 때조차 압박감을 느껴야 하니 그야말로 최악 아닌가. 내가 있는 이곳은 한 번도 온전히 평화로웠던 적 없는, 늘 이 모든 혼

란의 알파요 오메가인 곳이다."(1514~1515)

　종종 몽테뉴는 자기 자신의 집에서, 자신이 거주하는 취약한 은신처에서 경험하는 이런 불안전의 느낌이라든가, 우리가 불안 속에서 사는 데 익숙해지는 그 방식을 거론한다. 진부한 일상처럼 되어버린 전쟁의 이런 측면은 《수상록》 거의 곳곳에 나타난다. 전쟁의 일상, 다시 말해 전투들이 아니라 그 나머지, 살기 위해서 하는 매일매일의 타협들 말이다. 예컨대 농부들은 전쟁이라는 재앙 앞에서도 흑사병이라는 참화를 겪을 때처럼 슬기롭게 대처한다.

　수상록에 실린 초기의 짧은 장들 다수는 전쟁의 기술과 관련된 글들 ―〈포위당한 장수가 휴전 교섭을 위해 요새에서 나가야 할 때〉(제1권 5장), 〈휴전 협상에 위험한 시간〉(제1권 6장) ― 이지만, 뒤로 갈수록 우리는 조금씩 다듬어진 전시의 일상 윤리를 발견하게 된다. 친구나 적을 대할 때 어떻게 처신할 것인가? 더 없이 적대적인 상황에서 자신의 정직성을 어떻게 보존할 것인가? 자기 주변의 모든 것이 끊임없이 뒤집힐 때 어떻게 계속 자기에게 충실할 것인가? 이동의 자유를 어떻게 보존할 것인가? 《수상록》은 곳곳에서 많은 조언을 던져주지만, 그것은 이 아름다운 한 문장으로 요약된다. "우리가 처한 이 내전 상황에서, 나의 작은 지혜는 전적으로, 내전이 내 이동의 자유를 제한하지 못하게 하는 데 쓰인다."(제3권 13장, 1668~1669). 이는 《수상록》의 마지막 장인 〈경험에 대하여〉에서 내전의 교훈을 요약하며 하는 말이다. 어떻게 하면 전시에도 자신의 자유를 보존할 수 있는가? 몽테뉴에게는 자유보다 더 우월한 것이 없기 때문이다.

이처럼 《수상록》은 전쟁이나 평화의 기술이 아니라, 전시의 평화, 최악의 전란 속에서도 평화롭게 사는 기술을 제안한다.

16

친구

1558년에 에티엔 드 라 보에시를 만난 것은 몽테뉴 인생의 중대 사건이었고, 두 사람의 우정은 라 보에시가 사망한 1563년까지 이어졌다. 몽테뉴는 몇 년간 깊은 우정을 나눈 뒤 겪게 된 상실감에서 다시는 회복하지 못했다. 그는 부친에게 보낸 감동적인 장문의 편지에서 친구의 죽음을 이야기했다. 그 후 《수상록》 제1권을 구상한 것 역시 죽은 친구를 기리기 위함이었다. 계획대로 되었다면, 라 보에시의 《자발적 복종》은 몽테뉴의 글 한가운데, "가장 멋진 곳"에 놓이고, 몽테뉴의 글들은 다만 이 걸작을 돋보이게 하는 데 쓰이는 장식화들, "그로테스크한 그림들"에 지나지 않았을 것이다.(제1권 27장, 282) 그가 이 계획을 포기한 이유는 라 보에시의 논설—폭군들에 맞서 자유를 옹호한 그의 변론—이 신교의 선전문 형식으로 출간되어버렸기 때문이다. 그래서 몽테뉴는 아리스토텔레스·키케로·플루타르코스의 위대한 전통을 따르는 우정 예찬으로 그 계획을 대체했다.

"(…) 흔히 친구나 우정이라고 하는 것은 어떤 기회나 편의로, 또는 서로의 영혼이 대화를 나누는 수단으로 맺어진 교제이거나 친교일 뿐이다. 내가 말하는 우정에서는 두 영혼이 뒤섞여 서로 혼동이 되고 각자의 형체가 사라져 더는 둘을 결합한 이음새마저 알아볼 수 없게 된다. 내가 왜 그를 사랑했는지 말해보라고 한다면, '다만 그였기 때문이고 다만 나였기 때문이다'라고밖에 달리 대답할 수 없을 것 같다."(제1권 27장, 290~291)

몽테뉴는 보다 절제되고 항구적인 우정을, 열광적이고 변덕스러운 여자와의 사랑과 대립시킨다. 또한 우정을, 자유와 평등을 제한하는 상거래 같은 결혼과도 구분한다. 여성에 대한 이 같은 불신은 사랑과 우정을 독서에 비유하는 〈세 가지 사귐에 대하여〉 장에서도 찾아볼 수 있다. 몽테뉴에게 우정이란 두 개별자의 진정으로 자유로운 유일한 관계, 독재하에서는 생각조차 할 수 없는 관계다. 그것은 숭고한 감정이며, 적어도 흔히 보는 일상적 우정이 아니라 위대한 두 영혼을 더는 서로 구분할 수 없을 정도로 결합하는 이상적 우정이다.

몽테뉴에게 라 보에시와의 우정은 설명할 수 없는 수수께끼로 남는다. "다만 그였기 때문이고 다만 나였기 때문이다"라고 그는 말한다. 몽테뉴는 이 기념비적인 문구를 집어넣는 데 오랜 시간을 들였다. 이 문구는 이 수수께끼를 확인하는 단계에서 멈춘 《수상록》 1580년 판과 1588년 판에는 나오지 않는다. 그러다 자신이 가진 《수상록》 책의 여백에, 먼저 "다만 그였기 때문이다"를 덧붙였고, 그 후에 다시 다른 잉크로 "다만 나였기 때문이다"를 덧붙였다. 그리고 두 사람이 첫눈에 반한 정황을 설명하고자 한다.

"내 모든 이야기와 내가 개인적으로 말할 수 있는 것 저 너머에, 우리를 맺어준 설명할 수 없는 어떤 운명적 힘이 있는 것 같다. 우리는 서로에 대한 소문에 이끌려서, 만나기도 전부터 서로를 찾았다. 그 소문은 우리의 애정에 소문 이상의 뭔가를 가져다주었다(통상적인 소문 이상의 효과를 안겨주었다). 내 생각에는 하늘의 어떤 명령 같은 것이 아니었나 싶다. 우리는 서로의 이름만으로도 서로를 이해했다. 그리고 시내에서 열린 큰 축연에서 우연히 처음 만났을 때, 우리는 서로에게 너무나 매료되고 서로를 너무나 잘 이해하고 서로에게서 도무지 헤어날 수 없게 되었고, 그날 이후로는 그 무엇도 우리 사이보다 더 가깝지 않았다."(291)

몽테뉴와 라 보에시는 서로 알기도 전부터 운명처럼 맺어져 있었다. 물론 몽테뉴가 자신들의 우정을 이상화하고 있기는 하다. 한참의 세월이 흐른 후, 그는 분명 자신의 죽은 친구를 떠올린 듯, 편지 쓸 친구가 자신에게 있었다면《수상록》을 쓰지 않았을 거라고 말한다(제 1권 39장, 391). 우리가《수상록》을 갖게 된 건 라 보에시 덕분이다. 원래는 그의 존재 덕분이고, 나중에는 그의 부재 덕분이다.

17

로마인

몽테뉴는 에라스뮈스가 친숙한 르네상스인이다. 훌륭한 인본주의적 신념을 지닌 에라스뮈스는 펜이 칼보다 우월하다고 믿었고, 《평화의 탄식Querela pacis》에서 문文이 무武를 침묵시키고 세상에 평화를 가져온다고 주장했다. 몽테뉴는 전혀 그렇게 생각하지 않는다. 그는 문의 힘에 대해서는 물론 기독교도 군주의 선행과 교양에 대해서나 설득의 힘으로 평화를 얻어내는 협상가의 역량에 대해서도 회의적이다. 그의 세상 경험은, 키케로가 《의무론》에서 말했듯이 "칼이 펜, 또는 법복에 굴복하리라Cedant arma togae"는 통념을 따르도록 그를 부추기지 않는다.

몽테뉴는 말과 수사학을 불신했다. 〈현학에 대하여〉장 말미에서 그는 그리스의 두 도시, 즉 훌륭한 연설을 높이 평가하는 아테네와 말보다는 행동을 선호하는 스파르타를 대립시킨다. 몽테뉴는 둘 중 확고하게 스파르타 편에 서며, 문화가 개인과 사회를 쇠퇴하게 한다는 통념으로 자기 자신의 입장을 뒷받침한다.

> "(…) 학문은 용기를 북돋고 단련시키기보다는 무르고 나약하게 만든다. 지금 이 세상에서 가장 강력해 보이는 나라는 터키인들의 나라다. 터키인들도 문을 경멸하고 무를 숭상하도록 교육받은 국민이다. 나는 로마가 현학적으로 변하기 전에 더 용맹스러웠다고 생각한다."(제1권 24장, 221)

의문의 여지가 없다. 몽테뉴는 로마의 쇠퇴를 예술과 과학과 문학의 발전에, 문명의 세련화에 결부시킨다.

> "오늘날의 가장 호전적인 민족들은 가장 거칠고 무지하다. 스키타이족이나 파르티아인들, 정복자 티무르가 그 증거다. 고트족이 그리스를 침략했을 때 모든 서고를 불태우지 않았던 건, 그들 중 누군가가 군사 훈련을 등한시하고 정적이고 한가로운 일을 즐기기에 좋은 그런 곳을 적에게 온전히 남겨

두어야 한다는 생각을 퍼뜨렸기 때문이다. 우리의 왕 샤를 8
세가 칼집에서 거의 칼도 뽑지 않고 나폴리 왕국과 토스카나
왕국 상당 부분의 주인이 되었을 때, 그를 수행한 영주들은
이 뜻밖의 손쉬운 정복을 이탈리아의 왕과 귀족들이 기운차
고 호전적이기보다 창의적이고 학식 있는 사람이 되기를 좋
아한 탓으로 돌렸다."(221~222)

몽테뉴는 국가의 힘은 문화 수준에 반비례하고, 너
무 학구적인 국가는 몰락의 위기에 처함을 보여주는
예들―터키인들, 고트족, 샤를 8세 치하의 프랑스인
들―을 열거해나간다. 몽테뉴는 문의 공화국에 열광
하는 천진한 인문주의자가 아니다. 그는 문에 의한 국
가의 쇠약에 예민한 행동가다. 요컨대 그는 인문주의
자보다는 로마인에 더 가까우며, 때로는 고대의 무지
를 예찬하기까지 한다. "내가 보기에, 자멸해버린 유식
한 로마보다는 옛날의 로마가, 평화를 위해서는 물론
전쟁을 위해서도 더 큰 가치가 있었던 것 같다."(제2권,
12장, 760)

이처럼 몽테뉴에게서는 문에 대한 과도한 호의는 전

혀 찾아볼 수 없으며, 무력이라든가 "복종과 명령에 관한 학문"(제1권 24장, 220)의 우월성을 견지하려는 귀족적 태도가 엿보인다. 평화의 기술, 그것은 수사학이 아니다. 설득하기보다는 견제하는 힘이다.

18

변화가 무슨 소용인가?

몽테뉴는 새로운 것을 경계했다. 그것이 세상을 개
선할 수 있을지 의심했다. 그래서 우리는《수상록》에서
빛의 세기에 꽃피게 될 진보 이론의 싹을 찾아볼 수 없
다. 몽테뉴는 〈허영심에 대하여〉 장에서 모든 개혁 계
획을 비판한다.

"국가에 혁신보다 더한 억압은 없다. 변화는 불의와 폭정
만 나타나게 할 뿐이다. 어떤 부분이 탈이 나면 그것을 보강
할 수 있다. 즉, 모든 것은 상하고 자연히 부패하게 마련이지
만, 우리는 그런 손상과 부패가 우리를 우리의 기초들과 원
칙들에서 너무 멀어지게 하지 못하도록 할 수 있는 것이다.
한데 그토록 큰 덩어리를 다시 녹이고, 그토록 큰 건물의 토
대를 갈아치우려 드는 건 때를 벗기려다 아예 지워 없애버리

는 자들, 특수한 결함을 전체적 혼란으로 개선하려는 자들, 병을 죽음으로 고치려는 자들이나 하는 짓이다."(제3권 9장, 1495~1496)

물론, 몽테뉴가 혁신이나 새로운 것으로 가장 먼저 떠올리는 것은 종교 개혁과 그에 따른 내전이다. 아메리카 대륙의 발견과 그것이 우주에 초래할 불균형, 이로 인해 그 대륙의 파멸이 가속되리라는 생각도 떠올린다. 그가 보기에, 황금시대는 우리 뒤, 그 "기초와 원칙들"에 있으며, 모든 변화는 위험하고 헛되다. "지금의 하나가 나중의 둘보다 낫다"라거나, 심지어 "최악은 늘 확실하다"라고 말하기도 한다.

상황을 변화시키려는 것은 개선이 아니라 악화시킬 위험을 자초하는 것이다. 몽테뉴의 회의주의는 그를 전통과 관습을 옹호하는 보수주의자로 이끈다. 그것들도 터무니없기는 하지만, 더 나아지게 할 수 있다는 확신이 없다면 뒤엎는 것은 전혀 도움이 되지 않는다. 그러니 혁신이 무슨 소용인가? 그래서 몽테뉴는 시민이 불복종하는 것만으로도 군주를 쓰러뜨릴 수 있다고 주장한 친구 라 보에시의 《자발적 복종》이 반反군주제 선전문으로 왜곡되는 걸 좋게 생각하지 않았다. 우울한 성품의 사람들이 으레 그러듯이, 몽테뉴는 오늘날 우리가 하는 말로, 모든 개혁의 '역효과'를 침소봉대한다.

이 세상의 불의와 폭정의 책임을 변화에만 떠넘기는 것, 물론 그것은 그의 과장이다. 하지만 옛것의 수정이나 복원을 내세워 혁신이나 급진적 재건에 반대하는 것은 그의 확신이다. 그에게선 새로운 것에 대한 어떤 믿음도 찾아볼 수 없다. 오히려 정반대다. 여기서 또다시 그는 소우주와 대우주의 유사 원리에 따라 국가를 인체에 비유한 그 은유를 사회에도 적용한다. 한데 몽테뉴는 의술을 다른 무엇보다도 불신한다. 그에게 개혁가들은 병을 치료한다는 구실로 환자를 죽음으로 몰아넣는 의사들과 같다.

"세상은 치료에 부적합하다. 압박이 가해지면 참지를 못하고, 어떤 대가를 치를지는 고려하지 않은 채, 그저 그것을 떨쳐버리려고만 한다. 수많은 사례를 통해 우리는 세상이 대개 큰 희생을 치르고 치유된다는 것을 안다. 여건 자체를 전반적

으로 개선하지 않는 한, 현재의 악을 털어내는 것만으로는 치유되었다고 볼 수 없다."(1496)

질병은 우리의 자연 상태다. 이를 철저히 없애려할 게 아니라 함께 사는 법을 배워야 한다. 몽테뉴는 선동가들, 민중에게 더 나은 내일을 약속하는 애송이 마법사들을 책망한다. 몽테뉴는 종교 개혁도 등지고 가톨릭 동맹도 등진다. 교리주의자가 아니라, 법관이요 정치인인 그는 국가의 안정과 법치국가를 교리 분쟁들보다 중시한다. 이것이 그를 정통 왕조 지지자, 나아가 보수주의자로 만든다. 휴머니스트들은 아직 계몽주의 시대 사람들이 아니고, 몽테뉴도 근대인이 아니다.

19

타인

꼭 거울 놀이 같은, 몽테뉴와 타인 간의 대화는 《수상록》의 가장 독창적인 면모 중 하나다. 몽테뉴가 다른 사람들의 책에서 자기 자신을 바라보고 그가 그 책들을 논평하는 것은 자신을 돋보이게 하기 위함이 아니라 거기에서 자신을 알아봤기 때문이다. 〈아이들의 교육에 대하여〉 장에서 그는 이에 대해 평한다. "제가 타인 얘기를 한다면, 그건 제 얘기를 하기 위함입니다."(제1권 25장, 227)

이로써 몽테뉴는 타인이 자신을 향한 우회로임을 상기시킨다. 그가 그들의 글을 읽고 인용하는 것은 그들이 자신을 더 잘 알게 해주기 때문이다. 하지만 자신을 향한 이 우회로는 타인을 향한 우회로이기도 하다. 자기 인식은 타인에 대한 깨달음의 서곡이다. 타인 덕분에 자신을 알게 되자 그들을 더 잘 알게 되고, 그들이 그들 자신을 이해하는 것보다 더 잘 그들을 이해하게 된다고 그는 말한다.

> "나를 오랫동안 주의 깊게 고찰하는 것은 타인을 웬만큼 판단할 수 있는 훈련도 되어준다. 별일 아니어도, 나는 좀 더 적절하고 양해될 수 있는 방식으로 그런 얘기를 한다. 사실 친구들의 상황을 그들 자신보다 내가 더 정확하게 보고 판단하는 일이 자주 생긴다."(제3권 13장, 1675)

타인과의 만남은 자기 자신을 만나게 해주고, 또한 자기 인식은 타인에게 되돌아갈 수 있게 해준다. 몽테뉴는 현대 철학자들보다 훨씬 앞서서 자신과 타인의 변증법을 통찰했다. 훗날 폴 리쾨르가 말하듯이, 도덕적 삶을 살기 위해서는 "자기 자신을 타인처럼" 보아야한다. 몽테뉴의 은둔은 타인의 거부가 결코 아니었다. 그것은 타인에게 좀 더 잘 되돌아가기 위한 수단이었다. 그의 삶은 활동적인 전반부와 한가로운 후반부라는 두 부분으로 나뉘지 않는다. 일시적인 중단들, 은퇴와 명상의 순간들에 이어, 사회생활과 공적 활동을 되돌아보는 성찰의 순간들이 있을 뿐이다.

《수상록》마지막 장에 나오는 이 멋진 문장이 듣고 싶어지는 것은 그래서다. "말의 절반은 말하는 자의 것이고, 절반은 듣는 자의 것이다."(제3권 13장, 1694). 몽테뉴가 종종 예찬하는 나와 타인의 상호보완성에 따르면, 진심에서 우러난 참된 말은 대화자들 간에 공유되고, 타인은 나를 통해 말한다.

하지만 이 멋진 생각을 멋대로 해석하여 섣불리 이상화하지는 말자. 사실 그 뒤의 내용은 덜 우호적이고 덜 협조적인 의미, 말의 게임에서 더 공격적이고 더 경쟁적인 의미를 나타낼 수 있다.

"어떤 말을 듣는 자는 그 말의 흔들림(움직임)에 따라 그것을 받아들일 준비를 해야 한다. 죄드폼 경기를 하는 사람들이 그러듯이, 공을 받는 자는 공을 쳐 보내는 자의 움직임과 타격의 형태에 따라 발을 옮기며 준비한다."(제3권 13장, 1694~1695)

몽테뉴는 대화를 죄드폼 경기에 비유한다. 즉 누군가는 이기고 누군가는 지는 결투, 적수가 있고 경쟁자가 있는 대결에 비유하는 것이다. 그러니 오해하지 말자. 이는 어떤 사람을 이해하려고 그에게 자신을 던지는 게 아니라, 그를 자신의 상대로 세우는 태도다. 〈협의의 기술에 대하여〉 장에서, 몽테뉴는 상대의 말을 인정해주는 수고는 할 필요가 있다고 말한다. 하지만 멋진 교환이 되려면 죄드폼 경기에서처럼 양쪽 모두 성의를 다해야 한다.

이렇듯 말에 대한 몽테뉴의 개념은 교환과 결투 사이를 오락가락한다. 하지만 〈유익과 정직에 대하여〉 장에 나오는 이 너그러운 문장의 예에서 보듯, 무엇보다 중요한 건 신뢰다. "포도주와 사랑이 그러듯이, 마음을 열고 하는 말은 상대의 마음을 열어 속내를 밖으로 끌어낸다."(제3권 1장, 1239)

20

초과 중량에 대하여

《수상록》은 개정판을 거듭하면서 분량이 많이 늘어나, 그 부피가 대단히 커졌다. 몽테뉴는 죽는 날까지 자신의 작품을 다시 읽으며 책의 여백에 인용과 보완 내용을 덧붙여 나갔다. 이를 그는 제3권 〈허영심에 대하여〉 장에서 언급하는데, 바로 이 글도 나중에 제3권에 추가된 내용이다.

"내 책은 언제나 똑같다. 다만 새로운 개정판을 낼 때마다, 그것을 산 사람이 빈손으로 돌아가는 일이 없도록, 원칙적으로 나는 거기에 가외의 문장紋章(그것이 잘 맞지 않는 상감세공일지라도)을 덧붙인다. 그것은 다만 초과 중량 같은 것일 뿐, 최초의 내용을 단죄하는 건 아니고, 야심적인 약간의 미묘한 차이로 이어지는 판들 각각에 뭔가 특별한 가치를 부여한다." (제3권 9

장, 1504~1505)

여기서 몽테뉴는 자신의 작품을 회고적인 시선으로 바라보는데, 그의 아이러니가 도드라진다. 덧붙이는 것들에 대해 자신이 마치 가게 주인이고 독자는 손님인 듯이 말한다. 물건들을 풍성하게 꾸미고 상품을 새롭게 만들어 마음을 끌어야 하는 손님 말이다. 몽테뉴는 자신을 장인에 비유함으로써 자기 자신과 자신의 작품을 조롱한다. 더구나 그의 책은 병치된 조각들의 조합이요, 흩어진 조각들의 모자이크요, 필요에 따라 무한정 늘일 수 있는 하나의 잡동사니일 뿐이다.

"가외의 문장"이라든가, "야심적인 약간의 미묘한 차이" 같은 표현들, 몽테뉴가 "초과 중량"을 가리키기 위해 사용하는 이 표현들은 모호하고, 약간은 멋을 부리는 듯하며, 구체적이면서도 추상적이다. 어떻든 그것들은 불어나는 글의 의미에 대한 몽테뉴의 불안을 증언하는바, 그는 종종 이 주제로 되돌아온다. 어느 다른 장(제2권 37장, 1181)에서는 내용을 덧붙일 뿐, 수정은 전혀 하지 않는다고 말하는데, 이는 완전히 맞는 말은 아니지만, 독자가 이질적인 보완 내용만이 아니라 서로 어울리지 않거나 모순적인 추가 내용과 맞닥뜨릴 수 있음을 경고해준다. 내용 추가는 우발적이며, 책이나 일상에서 이루어지는 우연한 만남에 좌우된다. 무엇보다도 이 같은 덧붙임을 작가나 책의 개선이라든가 진전으로 받아들여선 안 된다. 이 점을 몽테뉴는 분명히 밝힌다.

"나의 이해력은 늘 앞으로 나아가지는 않으며, 뒷걸음질 치기도 한다. 나는 두 번째, 세 번째 한 사색이라고 해서 첫 번째 사색보다 의심을 덜 하지 않는다. 현재의 생각이라고 해서 과거의 생각보다 의심을 덜 하지 않는다. 바보같이 우리는 종종 남을 수정하듯 자기 자신을 수정하곤 한다. 1580년에 책이 처음 출간된 이후 여러 해가 흘렀고, 나도 나이를 많이 먹었다. 하지만 내가 조금이라도 더 현명해졌는지는 의문이다. 현재의 나와 얼마 후의 나는 분명 둘이다. 언제 적 나가 더 나은가? 나로서는 전혀 뭐라고 말할 수 없다."(제3권 9장, 1505)

몽테뉴의 회의주의가 극에 이른다. 《수상록》 초판이

뒤의 책들보다 못하지 않으며, 나이를 먹었다고 더 지혜로워진 것도 아니요, 책의 새로운 부연들이 더 확실하지도 않다. 또한 그는 "현재의 나와 얼마 후의 나는 분명 둘"이라고 하면서, "내 책은 늘 하나"라고 주장하는바, 이는 명백한 역설이다. 몽테뉴는 이 모순을 받아들인다. 물론 나는 불안정하고, 나는 끊임없이 변한다. 하지만 나는 나의 행동이나 생각들의 그 다양성과 전체성을 통해 나를 알아본다. 그런 식으로 몽테뉴는 점차 자신을 자신의 책과 완벽하게 동일시하게 된다. "내가 내 책을 만든 것 못지않게 내 책이 나를 만들었다. 책과 저자는 동체다"(제2권 18장, 1026). "하나를 건드리면 다른 것도 건드리는 것이다."(제3권 2장, 1258). 사람과 책은 다만 하나다.

21

피부와 셔츠

앞에서 말했듯이, 몽테뉴는 정치가였고 현실 정치에 참여한 사람이었다. 하지만 그는 늘 너무 빠져들지는 않고 한발 물러나서 자신을 마치 공연에 참여한 사람처럼 바라보고자 했다. 그가 보르도 시장을 지내고 나서 쓴 《수상록》 제3권에 실린 〈자신의 의지를 다스리는 일에 대하여〉 장에서 설명하는 것이 바로 그것이다.

"우리의 직무 대부분은 거리 연극 같다. Mundus universus exercet histrinam(온 세상이 희극을 연기한다_페트로니우스). 우리가 맡은 배역을 제대로 연기해야 한다. 가면과 허울을 실제 본질인 양 여겨서는 안 되고, 이물異物을 고유한 것인 양 여겨서도 안 된다. 우리는 피부와 셔츠를 구분할 줄 모른다. 가슴까지 분칠할 것 없이, 그저 얼굴에만 분칠해도 된다."(제3권 10

장, 1572~1573)

세상은 하나의 극장이다. 여기서 몽테뉴는 고대 이
래로 우리에게 친숙한 한 가지 통념을 풀어내고 있다.
우리는 배우들이고 가면들이다. 그러니 우리를 실제
사람처럼 여기지 말자. 양심적으로 행동하고 의무를
수행하되, 우리의 행동과 우리의 존재를 혼동하지 말
자. 우리 내면의 양심과 업무 사이에 여백을 두자.

몽테뉴는 우리에게 위선을 가르치려는 것일까? 나는
청소년 시절 《수상록》을 처음 접했을 때 그렇게 해석했
고, 이 같은 교묘한 구분을 경계했다. 젊은이들은 솔직
함과 진정성을 꿈꾸며, 따라서 존재와 외양 사이의 이
상적인 투명성, 완벽한 정체성을 꿈꾼다. 그래서 젊은
햄릿도 궁정의 관습을 비난하고 모든 타협을 거부한다.
그는 어머니인 왕비 앞에서 이렇게 외친다. "I know
not 'seems'"—"나는 척할 줄 모릅니다"(프랑수아 빅토르
위고 번역).

그러다가 우리는 권력자들은 너무 진지하지 않고,
자신의 직책에 전적으로 매달리지 않고, 어느 정도 유

93

머와 아이러니 감각을 갖추는 편이 낫다는 사실을 깨닫게 된다. 어느 면에서 이는 중세 사람들이 왕을, 불멸하는 정치적 육체와 유한자인 개인적 육체, 그렇게 두 육체를 가진 존재로 이론화한 것과 같다. 군주는 자연인으로서의 자신과 자기 직책을 혼동해서는 안 된다. 하지만 그렇다고 자신의 직무에 지나친 의문을 품음으로써 권위를 실추시킬 위험을 무릅쓰지는 말아야 한다. 자신은 왕의 역할을 연기할 뿐이라는 의식이 지나쳐 금방 권좌에서 밀려난, 셰익스피어의 또 다른 주인공 리처드 2세처럼 말이다.

몽테뉴는 간단히 말해 거드름 피우지 않는 이들만 상대하고자 한다.

"직무를 수행한답시고 변하다 못해 완전히 새로운 면모, 새로운 존재로 탈바꿈하는 자들이 있다. 간과 창자 속까지 번들거리게 광을 내고 자신의 직위를 변기까지 끌고 가는 자들 말이다. 나로서는 그런 자들에게 자연인으로서의 그들에게 보내는 경례와 그들의 직무나 그들의 수행원, 또는 그들의 노새에게 보내는 경례를 구분하는 법을 가르칠 재간이 없다. Tantum se fortunae permittunt, etiam ut naturam dediscant(그들은 자신의 행운을 과신한 나머지 본질을 잊는다_퀸투스 쿠르티오스 루포스)[7]. 그런 자들은 영혼과 본연의 말루까지 관직의 높이에 따라 부풀리고 과장한다. 보르도 시장과 몽테뉴는 언제나 아주 분명히 구분된 둘이었다."(1573)

몽테뉴는 시장으로 선출된 뒤에도 '거드름 피우는 자'─철학자 알랭[8]의 표현대로─노릇을 하지는 않았지만, 그렇다고 해서 그가 자신의 직책이 제공하는 모든 특권을 덜 행사한 건 아니었다. 그의 말을 곧이곧대로 듣고 지레짐작하는 바와는 달리 말이다. 그가 존재와 외양을 구분하라고 요구하는 건 결코 위선 예찬이 아니다. 그것은 냉철함에 대한 요구요, 파스칼보다 한 발 앞서 날린 자기기만에 대한 경계다.

---

7 《알렉산더 대왕의 역사》를 쓴 1세기의 로마의 역사가.
8 본명 에밀 오귀스트 샤르티에(1868~1951). 프랑스의 철학자이자 평론가.

22

잘 단련된 머리

학교 문제에 관한 토론만 열리면 곧바로 우리는 라블레와 몽테뉴를 소환하곤 한다. 가르강튀아가 아들 팡타그뤼엘에게 보낸 편지 내용에 따르면, 라블레는 그 아들이 "학문의 심연"이 되기를 바랐고, 몽테뉴는 "머리가 꽉 찬" 사람보다는 "잘 단련된 머리"를 가진 사람을 선호했다. 이는 교육학의 상반된 두 목표를 요약하는 것이라 할 수 있다. 오늘날의 용어로 말하면, 한쪽은 '지식'을, 다른 한쪽은 '사고 능력'을 대변한다. 이미 몽테뉴는 《수상록》 제1권의 〈현학에 대하여〉와 〈아이들의 교육에 대하여〉 장에서, 학교의 주입식 교육에 반대했다.

"사실 우리 아버지들의 정성과 지출의 목적은 오로지 머리를 학문으로 채우는 데 있다. 판단력과 도덕성 얘기는 없다. 한 행인에게 오, 학자님! 하고 외치고, 그런 다음 다른 행인에게 오, 선한 이여! 하고 외쳐보라. 군중은 첫 번째 행인을 향한 존경과 시선을 두 번째에게로 돌리지 않을 것이다. 그러니 이렇게 외칠 세 번째 사람이 필요할 것 같다. 오, 어리석은 인간들이여! 우리는 흔히, 그가 그리스어나 라틴어를 아는가? 그가 시나 산문을 쓰는가?, 라고 묻는다. 하지만 그가 더 좋은 사람이 되었는지, 또는 더 현명해졌는지는 묻지 않는다. 중요한 건 그것인데 뒷전으로 밀려나 있다."(제1권 24장, 208)

몽테뉴는 당대의 교육을 비판한다. 르네상스는 중세의 어둠과 단절하고 옛날의 학문을 되찾았다고 하지만, 여전히 지식의 체득보다 양을 더 중시한다. 몽테뉴는 학문을 위한 학문에 지혜를 대립시킨다. 지식보다 더 중요한 것은 지식을 가지고 할 수 있는 것, 즉 지식의 활용이나 응용임에도 불구하고, 지식 자체가 목적이 되어버린 백과사전식 교육의 폐단을 비판한다. 사람들은 현명한 이들을 예찬하기보다 학자들을 우러러본다. 몽테뉴는 못이 박히도록 말한다.

"누가 더 많이 아는지보다는 누가 더 잘 아는지 물어야 한다. 우리는 이해력과 양심은 비워둔 채 기억을 채우는 데만 힘쓴다. 마치 새들이 이따금 모이를 찾으면, 새끼들에게 먹이려고 그것을 맛보지 않고 부리에 물고만 있는 격이다. 이처럼 우리 학자 나리들도 책 속의 학문을 쪼아서는 입술 끝에만 간직하고 있다가 토해내 바람에 날려 버린다."(208)

기억에 대한 몽테뉴의 불신에 관해서는 나중에 다시 이야기하겠다. 종종 그는 자신의 기억력이 나쁜 것을 유감스러워하지만, 사실 내심으로는 아주 만족스러워한다. 기억력이 좋아 판단력을 아끼게 되는 것은 전혀 장점이 아니기 때문이다. 그는 독서를 비롯한 모든 지식 습득을 소화에 비유한다. 가르침도 음식물처럼 육체와 영혼의 자양분이 되기 위해서는 혀끝으로만 맛보고 그대로 꿀꺽 삼켜버릴 게 아니라, 천천히 곱씹고 되새김질해야 한다. 그러지 않으면 이상한 음식을 삼킨 듯 도로 토해내게 된다. 몽테뉴에 따르면, 교육의 목적은 지식을 자기 것으로 만드는 데 있다. 아이는 지식을 제 것으로 만들고, 그것을 자신의 판단력으로 변형시켜야 한다.

학교의 사명에 대한 논의는 결론이 나지 않았다. 하지만 양측 입장을, 몽테뉴의 자유방임주의와 라블레의 백과사전식 교육을 섣불리 대립시키는 것으로 요약하는 건 부당한 일일 것이다. 우선, 가르강튀아가 팡타그뤼엘에게 보낸 그 편지가 모든 걸 망라하는 과도한 학습 계획을 제안하긴 했으나, 그 대상이 거인이었다. 게다가, 그 편지에는 몽테뉴도 마다하지 않을 이런 충고가 이어진다. "양심 없는 학문은 영혼의 폐허일 뿐이다." 양심, 즉 정직성·도덕성은 모든 교육의 최종 목표다. 우리가 소화를 끝낸 후에도, 거의 모든 것을 잊어버린 후에도 남는 것이 바로 그것이다.

23

우발적 철학자

앞에서 얘기했듯이, 몽테뉴는 너무 교과서적인 교육을 경계했다. **자연nature**과 **인공art**, 선한 자연과 악한 인공의 대립이라는, 《수상록》의 사상 전체를 지배하는 주된 극성에 따르면, 문화는 자연을 드러내주기보다는 자연에서 멀어질 가능성이 크다. 그래서 몽테뉴는 자신의 독서가 그 자신의 자연을 등지게 한 게 아니라, 오히려 그 자연을 발견케 해주었음을 종종 상기시킨다.

"나의 품행은 자연적이다. 나는 어떤 가르침을 받아 그것을 구축할 필요성을 전혀 느끼지 않았다. 참 못난 품행이지만, 그것을 읊조려 본다거나 좀 더 점잖게 대중 앞에 꺼내놓고 싶은 생각이 들 때면, 의무인 양 나는 그것을 이런저런 변론이

나 사례들로 보완했다. 우연히도 그것이 다른 많은 철학적 변론이나 사례들에 부합하는 것을 보니 나로서는 신기하기만 하다. 나는 내 삶이 어느 연대에 속했는지를, 그 삶이 활용되고 사용된 뒤에야 알았다. 새로운 인물, 예상치 못한 한 우발적 철학자를."(제2권 12장, 850)

개인적 윤리에 대한, 아주 겸손하면서 매우 야심 찬 이 정의―〈레몽 스봉에 대한 변호〉장에 실려 있다―는 참으로 멋진 문구다. 몽테뉴는 우리에게 중요한 두 가지를 말하고 있다. 첫째, 그가 홀로 만들어졌다는 것이다. 그의 독서들과 지식은 그를 변화시키지도 퇴화시키지도 않았다. 그의 품행, 즉 그의 성격과 행동과 도덕적 자질은 분명 그의 것이고 외부 모델을 복제한 게 아니다. 둘째, 변론과 사례들―즉 여러 사례와 그 사례들에 대한 추론―을 곁들여 글을 쓰고 자신을 이야기하고 자신에 관해 이야기하고는, 나중에야 여러 책에서 자신을 알아보게 된다는 것이다. 몽테뉴는 자신이 어떤 사람인지는 물론 자신이 어느 군軍, 어느 그룹, 어느 학파를 가장 가깝게 느꼈는지를 글을 쓰고 자신을 묘사하면서 깨달았다고 말한다. 요컨대 몽테뉴는 금욕주의자·회의주의자·쾌락주의자 — 우리가 종종 그와 연관 짓는 세 철학파 — 가 되기로 선택한 게 아니었다. 삶이 지나고 나서야 자신의 행동이 이런저런 학설에 자연스럽게 부합함을 깨달았다. 어떤 계획이나 숙고 없이, 우연히, 즉흥적으로 말이다.

그러니 몽테뉴를 고대의 어떤 철학 학파의 소속으로 설명하는 것은 오류가 될 것이다. 몽테뉴는 권위를 혐오한다. 그가 어떤 저자를 불러오는 건 우연한 만남을 알리기 위함이다. 그가 자신이 인용하는 저자의 이름을 밝히지 않는 건 독자에게 어떤 권위자의 주장도 함부로 믿지 않게 하기 위함이다. 그는 〈책에 대하여〉 장에서 이렇게 털어놓는다.

"나는 내가 빌린 것들의 수를 헤아리지 않는다. 그것들의 무게를 잰다. 그 숫자로 가치를 높이고 싶었다면 갑절은 더 얹어놓았으리라. 이것들은 죄다 또는 거의, 너무도 유명한 고대의 이름들에서 빌려왔기에, 내가 아니더라도 이미 충분히 알려진 것 같다. 추론·비유·주장의 자격으로 내가 누군가를 내

토양에 이식하여 내 것에 녹아들게 할 때, 나는 일부러 그 저자를 숨긴다. (…) 나는 그들이 내 콧등인 줄 알고 플루타르코스의 콧등을 치고, 나를 욕하려다 세네카를 욕하는 뜨거운 맛을 보길 바란다."(제2권 10장, 645~646)

몽테뉴가 이따금 자신이 인용하는 글의 저자를 숨기는 것은 그의 독자가 고대인의 권위에 굴하지 않게 하기 위함이요, 몽테뉴의 권위를 부인하듯 고대인의 권위도 감히 논박할 수 있게 하기 위함이었다.

24

비극의 교훈

앙리 2세가 소금에 매기는 세금을 복원한 후 기엔에서 이 소금세에 반대하는 민란이 일어났을 때, 나바라 국왕의 부관 트리스탕 드 모넹이 질서 회복을 위해 보르도로 파견되었다가 1548년 8월 21일 폭도들에게 죽임을 당했다. 몽테뉴는 이 역사적인 사건을 목격했다. 당시 그의 부친 피에르 에켐은 이 시의 행정관이었고, 몽테뉴는 열다섯 살 소년이었다.

"어린 시절 나는 대도시에서 성난 군중의 감정을 달래보려고 애쓰던 한 사령관을 본 적이 있다. 이 혼란을 잠재우기 위해 그는 자신이 머무르고 있던 아주 안전한 장소에서 나와 폭도 무리 한가운데로 뛰어들었고, 거기서 그는 화를 면치 못하고 처참한 죽음을 당했다."(제1권 23장, 199)

그것은 끔찍한 살육이었다. 그 목민관은 피를 흘리며 살가죽이 벗겨지고 잘게 잘려 "쇠고기 조각처럼 소금에 절여"졌다. 당시의 한 이야기에 의하면, "그들은 잔인성에 조롱까지 얹어, 자신들이 봉기한 이유가 소금세에 대한 증오 때문임을 나타내기 위해 트리스탕 드 모넹의 몸 여러 곳을 갈라 거기에 소금을 채워넣었다." 어린 소년 몽테뉴에게는 잊을 수 없는 충격이었다.

《수상록》 제1권의 〈같은 교훈을 주는 여러 가지 사건들〉 장에서, 몽테뉴는 드 모넹이 살육당한 건 성난 군중 앞에서 우유부단했기 때문이라고 판단한다.

"(…) 나는 흔히 사람들이 그를 기리며 책망하듯, 그가 안전한 곳에서 나와 군중 앞에 나선 게 잘못이라고 보지 않는다. 아마도 그가 굴종과 무기력의 방도를 택한 것이 잘못이리라. 민중을 이끌기보다는 따르고, 계도하기보다는 애걸로 분노를 잠재우려고 한 것 말이다."(199~200)

몽테뉴가 보기에, 드 모넹이 맞이한 운명의 책임은 그의 행동에 있었다. 그 후 보르도에 지독한 탄압이 가해진다. 도시의 특권들이 박탈되고, 피에르 에켐을 포함한 시정관들의 직무가 정지되고, 장차 몽테뉴의 아내가 될 사람의 조부인 조프루아 드 라 샤세뉴가 파면된다. 이 사건은 몽테뉴의 뇌리에 영원히 각인되며, 그는 그 자신이 보르도 시장이 되고, 1585년 5월에 적대적인 군중과 대면해야만 했을 때, 이때 얻은 교훈을 기억해낸다. 그의 두 번째 임기 말의 일로, 가톨릭 동맹과 시 행정관들 사이에 팽팽한 긴장감이 감돌던 때였다. 봉기에 대한 두려움에도 불구하고, 그는 연례행사인 무장한 시민계급의 열병식을 거행하기로 했다.

"우리는 다양한 무장 부대들의 총열병식을 거행하는 문제를 논의했다. (열병식은 은밀히 행해지는 복수의 장으로, 이보다 더 안전하게 복수를 행할 수 있는 곳은 어디에도 없다.) (…) 어려운 상황에 직면했을 때 그렇듯, 아주 무겁고 큰 파장이 따르는 다양한 의견들이 제시되었다. 나의 의견은, 무엇보다도 우리가 어떤 불안도 내비치지 않고 태연한 얼굴로 당당하게 대열 속에 섞여 있어야 한다는 것이었다. (…) 그것이 그 부대들에 만족감을 안겨주었고, 이후 유익한 상호신뢰를 진전시키는 계기가

몽테뉴와 함께하는 여름

되었다."(200~201)

모넹이 망설이는 모습을 보인 반면, 몽테뉴는 자신의 성공이 위기의 순간에 내보인 자신감과 신뢰, 정직과 열린 태도 덕분이라고 생각한다. 그는 자신을 전혀 내세우지 않은 채, 어떻게 자신이 그런 어려운 결정을 내렸는지 이야기한다. 40여 년 전에 목격한 비극적 사건을 머리에 떠올렸다고 드러내놓고 말하지 않는다. 하지만 이 두 이야기가 잇따른다는 사실만으로도 그것은 자명하다. 이토록 강렬하고 심각하게 — 그러면서도 또한 단순하게 — 체험된 사건을 《수상록》에서 마주하는 일은 드물다.

25

책

    몽테뉴는 〈세 가지 사귐에 대하여〉 장에서 그의 인생에서 가장 아름다운 부분을 차지했던 세 종류의 사귐을 비교한다. 바로 "아름답고 정숙한 여성", "드물지만 그윽한 우정", 그리고 책인데, 몽테뉴는 앞의 둘보다 더 득이 되고 건강에 이로운 것이 책이라고 생각한다.

> "이 두 가지 사귐(사랑과 우정)은 우발적이고 타인에게 달려 있
> 다. 하나는 드물어서 곤란하고, 다른 하나는 나이가 들면 시
> 든다. 따라서 이 둘은 나의 삶이 필요로 하는 것을 충분히 채
> 워주지 못한다. 세 번째인 책과의 사귐은 더 확실하고 우리와
> 가깝다. 여러 가지 장점이 있는 앞의 두 가지에 못 미치는 바
> 가 있지만, 책은 항시 그리고 손쉽게 누릴 수 있다는 그만의
> 장점이 있다."(제3권 3장, 1292)

라 보에시의 사망 이후 몽테뉴는 더는 진정한 우정을 경험하지 못했고, 〈베르길리우스의 시에 대하여〉 장에서는 사랑의 기력이 쇠한 자신을 아쉬워한다. 이 두 가지 사귐은 타인과의 접촉인 만큼 더 열렬한 격정과 더 격렬한 감정을 느끼게 해주는 건 분명하지만, 더 일시적이고 예측 불가능하며 지속성이 약하다. 반면 독서는 꾸준하게 할 수 있고 항구적이라는 장점이 있다.

일종의 등급을 이룬다고 할 수 있을 사랑·우정·독서 간의 이 평행선은 서로 충돌할 수 있다. 예컨대 고독을 요구하는 독서가, 우리 자신에게서 멀어지게 하는 여흥이나 타자의 참여도 필요한 다른 모든 관계보다 우위에 놓일 수도 있을 것이다. 책은 진짜 사람보다 더 좋은 친구나 연인이 될 수 있을 것이다. 하지만 그렇게 단정하기 전에, 몽테뉴가 언제나 삶을 나와 타자 간의 변증법으로 인식했다는 점을 잊지 말자. 우정의 희귀함과 사랑의 덧없음은 독서로의 도피에 특권을 부여하지만, 결국 독서는 불가피하게 우리를 다시 타인들에게로 이끈다. 어쨌든 "세 가지 사귐" 중에서는 독서가 최고임을 인정하자.

"독서는 전 여정을 나와 함께 하며 어디서나 나를 돕는다. 나의 노화와 고독을 위로해주고, 권태로운 한가로움의 무게를 덜어주고, 성가신 친구들을 언제라도 떼어주고, 극단적이거나 아주 심하지만 않다면 고통의 날카로움을 무디게 해준다. 성가신 생각에서 벗어나려면 그저 책만 펼쳐 들면 된다. 책은 이내 나를 자기 쪽으로 돌려 그런 생각에서 벗어나게 해준다. 또한 내가 좀 더 실제적이고 생생하고 자연스러운 다른 편익이 없을 때만 찾더라도 절대 들고일어나지 않고, 언제나 같은 얼굴로 나를 맞이해 준다."(1292)

책은 언제나 나를 기다려주는 벗이다. 노화·고독·무위·권태·고통·불안 등, 책이 치료제가 되어줄 수 없는 일상의 불행은 없다. 그것들이 아주 심하지만 않다면 말이다. 책은 걱정을 덜어주고 도움과 구원의 손길을 내민다.

하지만 책의 장점을 열거하는 이 묘사에서 우리는 약간의 빈정거림을 느낄 수도 있다. 책은 뼈와 살이 있는 여자들이나 남자들과는 달리, 소홀히 대해도 절대 항의하거나 반발하지 않는다. 친구나 연인은 우리의

심한 변덕을 괴로워하지만, 책은 그저 태연히 늘 우리를 환영해준다.

몽테뉴는 근대의 여명기에, 독서 예찬으로 인쇄 문화의 도래를 누구보다 잘 예고한 이들 중 한 명이다. 어쩌면 우리가 인쇄 문화를 떠나고 있는 듯한 현재 이 시점에, 서구에서 남자와 여자가 수 세기 동안 서로를 알고 재발견하게 된 게 책을 통해서였음을 회상해보는 것도 좋을 것이다.

26

돌

유성생식에 관한 몽테뉴의 생각은 아리스토텔레스와 히포크라테스와 갈레노스를 본받은 당대의 의학에 빚지고 있다. 그들은 정자의 생식 기능에 가장 큰 권능을 부여한 이들이다. 몽테뉴는 《수상록》 제2권의 마지막 장 〈아이들이 아버지를 닮는 것에 대하여〉에서, 가족의 특징이 유전되는 신비에 대해 감탄을 금치 못한다.

"대체 이 정액 한 방울은 어떤 괴물이기에 우리를 만들어내고, 그 안에 단순히 조상의 육체적 형태만이 아니라 그들의 사고며 성향까지 담고 있단 말인가? 대체 이 액체 방울 어디에 그 무수한 형태가 자리 잡고 있을까? 또한 그로록 무분별하고 불규칙한 발달 과정에도 불구하고, 증손자가 증조부를 닮고 조카가 삼촌을 닮는 그런 유사성이 어떻게 간직될 수 있

을까?"(제2권 37장, 1188)

  정액이라는 괴물은 놀랍고 불가사의하고 감탄을 불러일으키는 존재다. 르네상스인들, 특히 앙브루아즈 파레나 라블레 같은 의사들은 그것을 통해 자연의 신비를 해명하고자 깊은 관심을 보였다. 그들과 마찬가지로 몽테뉴도 생식에서 남자의 역할보다 여자의 역할을 훨씬 덜 중요하게 여겼다. 그는 다른 장에서 이렇게 말한다. "(…) 여자들은 꼴사나운 핏덩이를 홀로 출산하기는 하지만, (…) 건강하고 자연스러운 생식을 위해서는 다른 씨앗이 일해야 한다."(제1권 8장, 86) 육체적 유사함뿐 아니라 세세손손 이어지는 성격·성향·기질 등은 이 씨앗에서 유래한다.

  몽테뉴가 생식의 신비에 그토록 관심을 보이는 데는 그럴 만한 개인적 이유가 있다. 그는 배설할 때 날카로운 통증을 유발하는 신장의 작은 돌, 즉 신장 결석이라는 자신의 병을 아버지에게서 물려받았다고 생각한다. 그 돌을 물려준 이는 이름부터 예언적인 피에르 에켐* 이다.

"내 몸에 돌이 많은 것은 아버지에게 원인이 있다. 바로 아버지가 방광에 커다란 돌이 생겨 몹시 고생하시다가 돌아가셨기 때문이다. 아버지는 67세가 되어서야 이 병을 알아차리셨다. 그 이전까지는 신장이나 옆구리는 물론 다른 어디에서도 어떤 위협이나 이상 증세를 느끼지 못하셨다(⋯). 나는 아버지가 병에 걸리기 25년도 더 전에, 아버지의 건강 상태가 최고조일 때, 출생 순서상 세 번째 자식으로 태어났다. 이 병의 기운은 그 오랜 세월 동안 어디에 잠복하고 있었을까? 병으로 발전하기 아주 오래전부터, 결국 나를 이룬 그 물질의 가벼운 조각이 어떻게 그런 큰 영향력을 간직해왔을까? 또한 45년이 지난 지금까지, 한 어머니에게서 태어난 많은 형제자매 중 나 혼자만 겨우 느끼기 시작했을 정도로, 어떻게 그렇게 잘 숨어 있었을까? 내게 이 병의 발달 과정을 밝혀주는 이가 있다면, 나는 그가 내게 다른 어떤 기적을 말하더라도 그의 말을 믿을 것이다. 으레 그러듯, 그 대가로 그가 내게 너무 난해하고 환상적인 학설만 내놓지 않는다면, 그 학설 자체가 기적 같은 것만 아니라면 말이다."(제2권 37장, 1189)

---

9 프랑스어 피에르Pierre는 '돌'이라는 뜻이다.

몽테뉴는 부친의 병이 자신의 신장에서 깨어나기 전에 그토록 오랜 세월 동안 자기 안에 잠자고 있은 데 대해, 형제자매 중 자기만 영향을 받은 데 대해 놀라움을 금치 못한다. 하지만 그는 의학을 마음 깊이 불신하고 있었으므로, 의사들이 이 현상에 대해 제시할지도 모를 이런저런 환상적인 설명을 미리부터 거부한다. 다른 누구도 아닌 그 자신과 관계된 이 경이—신장 결석—앞에서도, 몽테뉴는 의심을 포기하지 않으며, 확인하고 질문하는 것으로 만족한다.

27

내기

몽테뉴의 종교는 우리에게 수수께끼로 남아 있다. 그가 진짜로 믿은 것이 무엇인지 분간해내는 이가 있다면 여간 영민한 사람이 아닐 것이다. 몽테뉴는 독실한 가톨릭 신자였을까, 아니면 가면 쓴 무신론자였을까? 그는 기독교 신자로 죽었고, 동시대인들은 예컨대 그가 1580년에 한 로마 여행 같은 것을 그의 신앙 행위로 받아들였지만, 이미 17세기 초부터 사람들은 그를 자유사상가들의 선구자, 빛의 세기를 예고한 자유사상가로 보았다.

왜냐하면 《수상록》 제2권에 실린, 신학을 다룬 방대하고 복잡한 장 〈레몽 스봉에 대한 변호〉에서, 그가 신앙을 이성으로부터 절대적으로 분리하기 때문이다. 그는 "우리 종교의 지고한 신비들을 선명하고 확실하게

파악하는 것은 오직 신앙뿐"(제2권 12장, 694)이라고 단언
한다. 동물 수준으로 전락한, 무능하고 욕된 인간의 이
성은 신의 존재도 종교의 진실도 증명할 수 없지만 말
이다. 이런 그의 태도는 신앙을 이성과 전혀 무관한, 신
이 내린 무상의 선물이자 은총으로 간주하는 "신앙 절
대주의"로 설명될 수 있다. 이런 태도의 이점은 나머지
모든 것은 이성으로 자유롭게 고찰할 수 있게 해주는
것인데, 그것이 바로 몽테뉴가 극도로 대담하게 행하
는 바이고, 그 결과 종교에서 남는 것은 인간의 조건과
거의 무관한, 모든 것을 무릅쓰고도 결국 유지되는 신
앙뿐이게 된다. 몽테뉴는 〈레몽 스봉에 대한 변호〉에서
모든 것을 의심한 뒤, 결국에는 아무 일도 없었다는 듯
능청맞게 자신의 신앙심을 선언한다.

　사람들이 말하는 "기독교적 회의주의"라는 것은—파
스칼의 내기에 앞서 제기된—신앙으로 이끄는 의심을
말한다. 하지만 의심해나가는 도중, 상대주의가 모든 종
교를 동등하게 만들어버린다면, 종교가 하나의 전통에
불과하게 된다면, 이 신앙이라는 것이 무슨 가치가 있는
가? 우리는 관습을 따르고 법에 복종하듯 자국의 종교

를 택하지만, 그 종교가 다른 종교들보다 더 확실한 근거가 있는 건 아니다.

"이 모든 것은 우리가 우리의 종교를, 다른 종교들이 받아들여지는 방식과 다르지 않게, 우리의 손과 우리의 방식으로만 받아들인다는 사실을 매우 분명하게 가리킨다. 우리는 우리가 믿는 종교가 통용되는 나라에 우연히 존재하게 되었거나, 이 종교의 오랜 역사나 이 종교를 지켜온 이들의 권위에 경도되었거나, 이 종교가 불신자들에게 가하는 위협을 두려워하거나, 이 종교가 하는 약속을 따라가는 것이다. 이 같은 고찰들은 우리의 신앙에도 적용되어야겠지만, 어디까지나 부차적인 것으로서다. 이는 인간관계들이기 때문이다. 다른 어떤 종교가 다른 증인들, 비슷한 약속들과 위협들로, 똑같은 방식으로 우리에게 완전히 상반된 신앙을 불어넣을 수도 있을 것이다. 우리는 우리가 페리고르인이거나 독일인이듯이 기독교인이다."(700)

문자 그대로 받아들인다면, 이 같은 선언은 그저 당혹스럽기만 한 게 아니다. 신성모독적이기까지 하다.

종교가 관습의 권위 때문에, 그것이 하는 약속에 집착하는 미신 때문에, 그것이 가하는 위협 때문에 전파된다고 하지 않는가. 물론 몽테뉴는 덜 인간적이고 더 초월적인 다른 고찰들이 신앙에 필요불가결함을 시사하지만—신앙 절대주의자들이 말하는 바로 그 은총—, 그렇다고 해서 종교의 추락이 덜 파괴적이지는 않다. 우리가 페리고르인이나 독일인이듯이 기독교인이라면, 가톨릭교회의 진리와 보편성에서 무엇이 남는단 말인가? 역시 〈레몽 스봉에 대한 변호〉에서, 우리는 "대체 어떤 진리가 이 산들에 의해 한정되고, 그 너머 세상에서는 거짓이 된단 말인가?"(898)라는 문장을 읽게 된다.

가톨릭교도와 개신교도의 구분은 무엇으로 귀착하는가? 몽테뉴는 빵과 포도주 속에 그리스도의 육신이 현신한다는 화체설에 대한 자기 생각을 내보이는 위험은 절대 무릅쓰지 않으나—신은 그 이유를 아실 테지만—, 나는 바로 그것이 1562년에 몽테뉴가 루앙에서 만났던 인디언들을 당황케 한 세 번째 동기—앞에서 이야기하겠다고 약속했던—가 아니었을까 하는 생각을 종종 하곤 했다.

수치심과 예술

몽테뉴는 자신의 성性에 대해 오늘날에 보기에도 당황스러울 만큼 자유롭게 이야기한다.《수상록》제3권의〈베르길리우스의 시에 대하여〉장에서, 젊은 날의 왕성한 정력을 후회하면서다. 하지만 그는 자신을 정당화해야 할 필요성을 느끼는데, 이는 곧 그 고백에 어떤 금기를 깬다는 의식이 없는 게 아니었음을 말해준다.

"하지만 나의 주제로 돌아가자. 대체 그토록 자연스럽고 꼭 필요한 생식 행위가 무슨 짓을 했기에 사람들이 수치심 없이는 그것을 입에 올리지 못하고, 진지하고 견실한 대화에서 그것을 배제하는가? 죽인다·훔친다·배신한다 등등의 말은 대담하게 발설하면서, 그것에 대해서는 그저 입안에서만 웅얼거릴 뿐이다. 이는 곧 그것을 말로 적게 뱉어낼수록 그 생각이 커지게 된다는 뜻일까? 재미있게도 우리가 가장 덜 사용하고, 가장 덜 글로 적고, 가장 잘 함구하는 그 말들이 실은 우리가 가장 잘 알고, 가장 널리 알려진 말들이다. 나이와 풍속을 막론하고, 누구나 그것에 대해서는 빵만큼이나 잘 안다. 그것은 표현되지 않고 목소리나 형체가 없어도 모두의 머릿속에 아로새겨진다. 그리고 그것을 더 많이 하는 성이 그것을 더 침묵시키는 임무를 맡는다. 그것은 우리가 침묵의 특권을 부여한 행위이며, 그래서 그것을 끄집어내는 건 범죄다. 그것을 비난하고 심판하기 위해서라도 안 된다. 완곡한 표현이나 그림이 아니고는 함부로 그것을 채찍질하지도 않는다."(제3권 5장, 1324~1325)

몽테뉴는 섹스보다 덜 자연스럽고 더 혐오스러운 다른 행위들, 예컨대 절도나 살인이나 배신 같은 범죄 행위들은 거침없이 이야기하면서 유독 섹스에 대한 언급만 금기시하는 이유에 대해 오랫동안 자문한다. 이는 곧 수치심이라는 인간의 한 주요 정서에 대한 중요한 성찰이다. 매일 하는 그것에 대해 우리가 말하기를 꺼리는 이유는 무엇인가? 섹스와 관련된 것들에 대한 이 조심성을 어떻게 설명할 수 있는가? 몽테뉴의 설명은 이렇다. 우리는 그것에 대해 말을 적게 할수록 그것을 더 많이 생각한다는 것이다. 달리 말하면, 우리가 그것에 대해 말을 거의 하지 않는 건 그만큼 더 생각을 많이 하기 위해서다. 우리는 그것에 대해 말하지 않으나 그것을 완벽하게 알고, 그것이 비밀로 남을 때 그것을 더 소중히 여긴다. 요컨대 섹스를 둘러싸는 미스터리가 섹스에 매력을 더하는 것이다. 몽테뉴는 특히 여성—"그것을 더 많이 하는 성"이면서 그것을 더 침묵시키는—을 염두에 두고 말하는데, 이는 르네상스기에 깊이 뿌리내린 여성 혐오적인 편견에 따른 것이다. 라블레도 플라톤이나 의사들처럼, 여성을 자율적이고 탐욕스러운 동물처럼 여기는 여성 혐오의 많은 예를 제공한다.

하지만 몽테뉴는 섹스에 드리운 금기에서 발생하는 막대한 부가소득을 알아본다. 그것에 대해 드러내놓고 말할 수 없기에 사람들은 다르게 말할 방법을 찾는다. "완곡한 표현이나 그림", 즉 시나 회화로 그것을 표현하는 것이다. 몽테뉴는 예술을 수치심 또는 수줍음으로 설명한다. 섹스를 말하는 간접적인 방식, 베일을 치고 뒤덮는 방식에 관한 탐구로서 말이다.

그리고 그의 여성 혐오 문제로 돌아가자면, 다행히도 그는 이 장 끝에 이르러 여성 혐오를 부인하며 남녀 평등을 강하게 주장한다.

"분명히 말하거니와, 암컷이나 수컷이나 모두 다 같은 거푸 집에 부어졌다. 교육이나 습관을 제외하면, 서로 크게 다르지 않다. 플라톤은 누구나 차별 없이 자신의 공화국에서 학문·시험·전시나 평화 시의 직무와 직업 등, 사회의 모든 방면에 참여하도록 촉구한다. 또한 철학자 안티스테네스는 여자들의 덕성과 우리 남자들의 덕성 사이의 구별을 없애버렸다. 사실 한 성을 비난하기가 다른 성을 변호하기보다 훨씬 더 쉽다. 사람들이 흔히 하는 말, '부지깽이가 삽을 비웃는다'가 그런 뜻이다."(1407)

몽테뉴는 자신이 여성의 성을 희화화할 때 상투어들에 굴하고 있음을 잘 알고 있다. 그가 부지깽이와 삽이라고 부르는 것, 이 명백한 성적 상징들은 어느 편이 더하다고 할 것 없이 둘 다 우스꽝스럽고 수치스럽다.

29
의사들

이미 얘기했듯이, 몽테뉴는 의사들을 좋아하지 않았다. 그가 가장 심하게 격분을 터뜨리는 직업이 바로 의사다. 그는 특히 그의 신장에 있는 돌, 신장 결석에 아무런 조치도 취하지 못한 의사들을 무능력자나 돌팔이로 취급했다. 사실 그는 《수상록》거의 곳곳에서 의사들에게 시비를 거는데, 다음은 제2권의 마지막 장 〈아이가 아버지를 닮는 것에 대하여〉에 나오는 내용이다.

"(…) 내가 아는 한, 의술의 권한 하에 놓인 족속보다 더 일찍 병들고 더 늦게 치유되는 이들은 어디에도 없다. 그들의 건강은 관리 체제의 속박 때문에 악화하고 손상된다. 의사들은 병을 관리하는 것만으로 만족하지 않고, 우리가 항시 그들의 권위에서 벗어나지 못하도록 건강한 이들을 병자로 만든다. 늘

온전한 건강체에서도 그들은 미래의 중병을 예고하는 논거를 끌어내지 않는가?"(제2권 37장, 1193)

물론 몽테뉴는 과장하고 있다. 그의 주장에 따르면, 의사의 처방을 따르는 선남선녀들은 다른 사람들보다 더 아프다. 의사들은 이롭기보다 해가 되는 약과 관리 체제를 강요하고, 가뜩이나 아픈 사람에게 처치라는 새로운 불편을 추가하고, 자신들의 권력을 확보하기 위해 멀쩡한 사람을 병자로 만든다. 의사들은 어떤 질병을 예고하여 건강을 왜곡하는 궤변론자들이다. 요컨대 건강을 유지하고 싶다면 그들을 상대하지 않는 편이 낫다.

몽테뉴 시대의 의학은 보잘것없고 미심쩍었다. 그래서 그에게는 의학을 경계하고 멀리해야 할 여러 가지 이유가 있었다. 그런 몽테뉴가 좋게 본 유일한 의술은 외과수술이었다. 의문의 여지가 없는 환부를 깨끗이 잘라내고, 억측이나 어림짐작을 덜 하기 때문이다. 같은 장(1209)에서 그는 "외과수술은 직접 눈으로 보면서 손으로 처치하기 때문"이라고 설명한다. 그 결과들은 매우 불확실했지만 말이다. 그 외에도 몽테뉴는 의학과 마법에 큰 차이를 두지 않았고, 자신의 병을 자가 치료하려고만 들었다. 다시 말해 자연 그대로 방치한 것이다.

"나는 꽤 자주 아팠다. 내 병은 그들의 도움 없이도 견딜 수 있을 만큼 순하고(나는 거의 모든 종류의 병을 경험했다), 다른 어떤 이보다 금방 낫는 것처럼 보였다. 그래서 내 병에는 의사가 내리는 처방의 쓰라림이 전혀 섞여들지 않았다. 나는 내 습관과 즐거움 외에, 다른 어떤 규칙이나 규제 없이, 자유롭고 온전하게 건강을 누린다. 나는 어느 곳에서나 탈 없이 머무를 수 있다. 병이 들었을 때도 건강할 때 필요했던 것들 외에 다른 편익이 필요치 않기 때문이다. 나는 의사가 없다고, 약사가 없다고, 도움이 없다고 난리 치지 않는다. 내가 아는 바로는 많은 사람이 병보다 오히려 그들 때문에 더 괴로워한다. 무슨 소리냐고? 과연 그들이 자신들이 행하는 의술의 분명한 효과를 증명할 수 있을 만큼 삶에서 행운과 장수를 누리는 모습을 보여주는가?"(1193)

자연의 이름으로, 몽테뉴는 질병과 건강의 경계를 지운다. 병도 자연에 속한다. 따라서 병도 수명과 생명 주기가 있으니, 이를 거스르려 하기보다 순응하는 편이 더 현명하다. 의술의 거부는 자연에 순종하는 것이다. 그래서 몽테뉴는 병에 걸려도 가능한 한 평소 습관을 바꾸지 않는다.

  이어 그는 파르티아인의 역공을 가한다. 의사들은 우리보다 더 건강하게 살지도 더 오래 살지도 않는다. 우리와 같은 병을 앓으며 더 잘 낫지도 않는다는 것이다. 그러나 이번만큼은 몽테뉴의 충고를 성급히 따르지는 말자. 오늘날의 의사들은 르네상스기의 초보 마법사들이 아니라 믿을 만한 의사들인 것 같다.

30

목적과 끝

몽테뉴의 사상이 《수상록》 집필 과정을 통해 발전했는지, 아니면 늘 무질서하고 다원적이고 유동적이었는지에 대해서는 많은 논란이 있다. 어쨌든 몽테뉴가 많은 관심을 보이며 책의 처음부터 끝까지 여러 가지 다른 방식으로 이야기하는 주제가 하나 있다. 바로 죽음이다. 제1권의 한 중요한 장은 키케로의 문장, "철학이란 죽음을 배우는 것"을 제목으로 끌어왔는데, 가장 엄격한 금욕주의의 영향을 받은 것 같다.

"우리 인생길의 목적지는 죽음이다. 죽음은 우리의 불가피한 조준 대상이다. 죽음이 우리를 두렵게 한다면, 어떻게 떨지 않고 앞으로 나아갈 수 있겠는가? 속인俗人의 치유책은 죽음을 생각하지 않는 것이다. 하지만 대체 얼마나 어리석어야 그토록 무지막지하게 맹목적일 수 있겠는가? (…) 그 무엇도 죽음보다 더 자주 마음속에 떠오르지 않게 하면서, 그 이질감을 없애고 그것을 연습하고 그것에 익숙해져 보자."(제1권 19장, 128~132)

현자는 자신의 걱정거리를 다스릴 줄 알아야 한다. 죽음에 대한 두려움도 마찬가지다. 죽음은 불가피한 것이므로, 이 무정한 적이 불러일으키는 공포를 다스리려면, 그것을 "길들이고" 그것에 익숙해지고 그것을 매일 생각해야 한다.

한데 《수상록》 끝부분에서 몽테뉴는 흑사병과 전쟁 앞에서 보이는 농부들의 체념을 관찰하면서, 죽음은 우리가 의지를 발휘해 준비하는 게 아니요, 단순한 사람들의 무심이야말로 자살을 선고받은 소크라테스의 지혜만큼이나 고결한 참된 지혜라는 사실을 깨달은 것 같다.

"우리는 죽음을 걱정하느라 제대로 살지 못하고, 삶을 걱정하느라 제대로 죽지 못한다. 하나는 우리를 애먹이고, 다른 하나는 우리를 두렵게 한다. 우리가 준비하는 것은 죽음에 맞서는 게 아니다. 죽음은 너무 일시적이다. 아무런 해악도 영향도 끼치지 못하는 그 15분간의 고통에 대처할 특별한 규범 따위를 마련할 필요는 없다. 사실을 말하자면 우리는 죽음을 맞이할 준비를 준비하는 것이다. (…) 내 견해로는, 죽음은 생의 끝이지 목표가 아니다. 삶의 끝, 극단이지 삶의 대상은 아니다. 삶은 그 자체가 과녁이고 목표여야 한다."(제3권 12장, 1632~1633)

몽테뉴는 말장난을 좋아한다. 죽음은 생의 끝이지 목표가 아니다. 삶은 삶 자체를 겨냥해야 하며, 죽음은 혼자 알아서 찾아올 것이다.

몽테뉴는 나이가 들어감에 따라 진화했을까? 확실하지 않다. 〈철학이란 죽음을 배우는 것〉 장에서, 그는 매우 복잡다기한 반대 명제들의 형태를 빌어 거듭 충고를 늘어놓는데, 그렇게 표현되는 주장이 과연 그의 진심에서 우러나온 것인가, 하는 의심마저 든다.

"죽음이 어디서 우리를 기다리는지 확실하지 않으니, 어디서

몽테뉴와 함께하는 여름

든 죽음을 기다리자. 죽음을 미리 생각하는 건 곧 자유를 미리 생각하는 것이다. 죽는 법을 배운 자는 굴종하는 법을 잊은 것이다. 생의 박탈이 나쁜 게 아님을 깨달은 자에게는 인생에서 나쁜 것이 아무것도 없다. 죽는 법을 알면 모든 예속과 속박에서 해방된다."(제1권 19장, 132~133)

마치 그의 정신이 그의 상상력을 설득해보지만, 끝내 그것이 믿기지 않아 교훈을 되풀이하는 듯한 느낌이다. 패배가 예정된 죽음과의 전투를 빈정거리는 것 같기도 하다. "피할 수 있는 적이라면, 나는 비겁함의 무기를 빌리라고 충고할 것이다."(131) 즉 달아나라고 말이다.

죽음 앞에서의 태도에 대해서도, 몽테뉴는 《수상록》 집필 과정을 통해 진정으로 진화해나간 게 아니라 멈칫거렸다. 어떻게 하는 게 더 잘 사는 것인가? 키케로와 금욕주의자들처럼 머릿속에 늘 죽음을 떠올리는 것이? 아니면 소크라테스와 농부들처럼 죽음에 관한 생각을 최대한 적게 하는 것이? 몽테뉴는 ― 우리 모두 그렇듯이 ― 멜랑콜리와 삶의 기쁨 사이에서 머뭇거렸지만, 그의 최종 교훈은 첫머리에 이미 언명되어 있었다. "나는 죽음이 (…) 내가 양배추를 심고 있을 때 찾아오길 바란다."(135)

31

그 자신의 일부

1595년에 출간된《수상록》사후 개정판의 〈교만에 대하여〉 장에서 몽테뉴는 자기 자신에 대한 묘사에 이어 동시대의 몇몇 뛰어난 인물들을 살펴보고는, 양녀인 마리 드 구르네에 대한 열렬한 예찬으로 글을 마무리한다.《수상록》의 이전 판본들에는 없는 찬사인데다, 이 사후 개정판을 준비한 이가 다름 아닌 마리 드 구르네이기에, 그녀를 칭찬하는 이 구절들의 진실성은 논란거리가 될 수 있었다.

"나는 양녀인 마리 드 구르네 르 자르에게 품은 기대를 여러 곳에 즐겨 기고했었다. 그 아이는 내가 친부보다도 훨씬 더한 애정을 쏟았고, 나의 은거 생활과 고독 속에서 마치 나 자신의 존재 중 가장 훌륭한 부분인 양 감쌌던 아이다. 나는 이 세상에서 오직 그 아이만 바라본다. 청소년기로 미래를 예측할 수 있다면, 이 아이는 언젠가 더없이 멋진 일들을 이룰 수 있을 것이요, 다른 무엇보다, 이제껏 여성이 도달했다는 얘기는 한 번도 들은 적 없는, 매우 성스러운 우정의 완벽한 경지에 이르게 될 것이다."(제2권 17장, 1022~1023)

초기에는 그녀가 쓴 중요한 서문까지 곁들여졌던 이 마리 드 구르네 판版《수상록》은 수 세기 동안 읽혔고, 파스칼과 루소 같은 이들에게도 깊은 인상을 남긴 판본이다. 그러다 20세기에 이르러 사람들은 "보르도 사본"을 더 선호했다. 여백에 몽테뉴가 스스로 "덧붙이는 말allongeails"이라고 명명한 주석들을 채워 넣은, 이 1588년에 간행된 두툼한 4절판 판본이 더 충실하다고 판단해서였다. 1595년 판본과 보르도 사본은 일치하지 않는 내용이 많으며, 보르도 사본에는 없는 드 구르네 관련 부분도 그 하나다. 하지만 오늘날에는 이 사후 개정판이 다시 인정받고 있다. 이 판본이 좀 더 나은 텍스트를 기반으로 구성된 까닭이다. 그러므로 몽테뉴가 그린 양녀의 이 아름다운 초상화를 더는 의심할 이유가 없을 것 같다.

"(…) 그 아이가 갖춘 품행의 진실함과 견실함만 해도 (…) 이미 감동적인데, 나에 대한 그 아이의 애정은 차고 넘친다. 그러니 쉰다섯의 나를 만나 내 생의 종말을 염려하는 그 아이의 근심이 그 아이에게 좀 덜 가혹했으면 하는 것뿐, 내가 더 바랄 것은 아무것도 없다. 이런 시대에 그리 젊은 여자가 마을에서 홀로 나의 초기 '수상록' 글들을 읽고 내린 판단도 그렇거니와, 나를 그리도 열렬히 좋아하고, 만나기 전부터 나를 존경하는 마음 하나로 오랫동안 나와의 만남을 열망했다는 사실은 매우 높이 사야 할 일임이 분명하다."(1023)

장년의 남자와 그보다 서른 살 이상이나 어린 젊은 여자의 친교는 의구심을 낳았다. 몽테뉴는 1563년에 라 보에시가 사망한 이후, 고대의 이상에 근접하는 친구를 더는 얻지 못했으나, 이 드 구르네를 세기의 판테온에 들어갈 만한 인물이라고 판단한다. 그녀는 그리스어와 라틴어와 고전 문화에 심취한 사람으로, 이따금 사람들이 그녀를 악의적으로 일컫던 "겉멋 부리는 우스꽝스러운 여자"가 전혀 아니었다. 그녀는 열여덟 살 때 혼자서 《수상록》 제1권과 제2권의 진가를 발견하고는 감탄을 금치 못했고, 1588년에 파리에서 그를 딱 한 번 만나고는 그가 죽는 날까지 그와 서신을 주고받았으며, 그 후 몽테뉴 부인의 부탁으로 《수상록》 사후 개정판 준비의 책임을 맡았다.

여섯 자식 중 딸 레오노르를 제외한 다섯을 잃은 몽테뉴는 자신이 이 양녀를 "친부 이상으로" 사랑하며, 그녀가 자신의 일부 같다거나, 자신은 "이 세상에서 오직 그 아이만 바라본다"고 고백한다. 그녀 역시 그에게 "차고 넘치는" 애정을 바친다. 몽테뉴가 그의 세기가 지녔던 반여성적 편견들에 사로잡힌 사람이 아니었다는 증거가 필요하다면, 그들의 이 애정을 들 수 있을 것이다. 만년에 그가 고대의 이상에 걸맞은 비범한 우정을 느낀 이가 한 젊은 여성이었으니 말이다.

32

사냥과 포획

올곧고 성실하고 정직한 사람 몽테뉴. 다른 무엇보다도 숨기는 것을 가장 싫어하는 그가 역설적으로 〈베르길리우스의 시에 대하여〉 장에서는 사랑할 때 숨기는 것이 갖는 매력을 새삼 발견한다. 여기서 그가 간파하는 것을 요약하자면, 모든 것을 보여주는 포르노그래피와 좀 더 잘 암시하고 욕망을 자극하기 위해 감추는 에로티시즘의 차이다.

"스페인 사람들과 이탈리아 사람들의 사랑은 상대를 좀 더 존중하고 조심스러우며, 티가 덜 나고 좀 더 가려져 있어 내 마음에 든다. 예전에 누군지는 몰라도, 입안에 삼킨 것을 좀 더 오래 음미하기 위해 두루미처럼 목이 길게 늘어져 있기를 바란 이가 있었다. 이 소망은 빠르고 성급한 쾌락 추구를 거론

하기에 실로 적합하다. 나의 본성이 바로 그러한데, 내게는
갑작스럽게 일을 저지르는 나쁜 행실이 있다. 달아나는 쾌락
을 멈춰 세우고 서곡들로 그것을 늘이는 데는 눈짓 하나, 고
갯짓 하나, 말 한마디, 몸짓 하나가 모두 둘 사이의 애정과 보
상으로 작용한다. 구운 고기에서 피어오르는 김만으로 저녁
식사를 할 수 있는 사람이라면, 많은 절약을 하게 되지 않겠
는가?"(제3권 5장, 1380~1381)

　이렇듯 몽테뉴는 남쪽 나라 사람들의 미덕으로 치부
되는 느린 사랑을, 그 유혹의 기술과 우아함을 예찬한
다. 그리고 그 자신은 "갑작스럽게 일을 저지르는 나쁜
행실"을 가진 사람, 다시 말해 자신의 관능을 늦출 줄
모르는 사람임을 고백하면서, 그것이 너무 직접적이고
노골적인 방식으로는 보상받을 수 없는 활동임을 깨닫
는다. 외설의 매력은 준비 과정을 늘이는 데 있다. 다른
한편 그는 사랑의 쾌락과 식사의 쾌락을 집요하게 비
교하는데, 이 비교는 우리에게 색욕과 식탐이 예나 지
금이나 악덕들이요, 목적 달성을 지연시키는 수작들로
인해 죄가 더 깊어지는 칠거지악 중 두 가지임을 상기

시킨다.

사실 몽테뉴는 다른 곳에서 늘 비판하곤 하던 가장과 이중성을 예기치 않게 자신이 재평가하는 것을 보고 스스로도 놀란 것 같다. 그는 말한다. "부인들에게 자신을 돋보이게 하고, 자신을 높이고, 우리를 갖고 놀고, 우리를 유인하는 법을 가르치자. 우리는 첫 공격을 최종 공격으로 만들어버리곤 한다. 늘 그런 프랑스인다운 혈기라는 게 있다."(1381) 그러니까 그는 그 방면의 일, 정복의 서곡에 머무르며 남자들의 애를 태우고 기다리게 만들고 애정을 지연시키는 일을 여자들의 소관으로 돌리는 듯하다.

또한 이 예에서 몽테뉴는 삶의 태도에 관해 훨씬 더 폭넓은 교훈을 하나 끌어내는데, 이 교훈은 그의 자연발생적 윤리학을 굴절시킨다. "쾌락만 얻고 좋는 자, 높은 곳에만 이르려고 하는 자, 사냥보다는 포획을 더 좋아하는 자는 우리 학교와 섞이기 어려운 부류다. 계단과 단계가 많을수록 맨 꼭대기 자리가 더 높고 명예롭다. 우리는 다양한 회랑과 소로, 길고 매력적인 갤러리 등, 갖가지 우회로를 거쳐 장엄한 궁전에 이르듯이 그 자리에 이르게 되는 것을 기뻐해야 할 것이다. (…) 기대나 욕망 없이는 가치 있는 어떤 것에도 이를 수 없다."(1381)

사냥에서의 즐거움은 포획에 있지 않다. 사냥 그 자체에 있고, 산책·풍경·함께하는 사람들·훈련 등, 사냥을 둘러싼 그 모든 것에 있다. 포획물만 생각하는 사냥꾼은 바로 고기 수집꾼이라고 불리는 자다. 아마도 몽테뉴는 이보다 덜 관능적인 다른 많은 활동, 예컨대 독서나 학문 탐구 같은 정신적 사냥들에 대해서도 같은 말을 했을 것이다. 이따금 우리는 그런 사냥들에서 허탕을 치고 돌아온다고 생각하지만, 사실은 가는 길 내내 행복이 쌓였다. 몽테뉴가 말하는 우리 학교란 **레저** loisir의 학교를 가리킨다. 즉각적 목표가 없는 일에 자기 시간을 바칠 수 있는 책 사냥꾼, 교양있는 자유인이 가는 **유유자적**otium의 학교 말이다.

33
자유로운 경쾌함

  몽테뉴는 《수상록》에서 놀랍도록 자유로운 글쓰기를
보여준다. 그는 학교에서 배운 작문법의 속박을 거부하
며, 경직되지 않은 태평스러운 문체를 고수하는데, 이를
〈아이들의 교육에 대하여〉 장에서 이렇게 분석한다.

  "나는 기꺼이 아름다운 문장을 비틀어 내게 이어붙이지, 그
런 문장을 찾으려고 나의 결을 비틀지는 않습니다. 거꾸로,
말paroles에 봉사하고 말을 따라가야 합니다. 프랑스어로 안
되면 가스코뉴 지방 사투리도 써야 합니다. 나는 말이 우위에
있기를 바라고, 여하튼 말이 듣는 이의 상상을 채워주길 바랍
니다. 그가 그 낱말들mots을 전혀 기억하지 못하더라도 말입
니다. 내가 좋아하는 화법은 종이 위에 적을 때든 입으로 뱉
을 때든 단순하고 소박한 것입니다. 맛깔 있고 성깔 있는 것,

짧고 밀도 있는 것이 좋고, 우아하고 공들여 다듬은 것이 아니라 격정적이고 야성적인 것이 좋습니다. (…) 지루한 것보다는 차라리 어려운 것이 낫고, 부자연스러운 꾸밈과 거리가 먼 것, 분방하고 엉성하면서도 대담한 것, 모든 조각이 하나로 어우러지는 것이 좋습니다. 학자연하는 말투나 설교조나 변론조의 화법보다는 차라리 수에토니우스[10]가 율리우스 카이사르의 화법이라고 말한 군인의 화법이 낫습니다."(제1권 25장, 265)

몽테뉴는 우회와 장식을 좋아하지 않는다. 목표로 곧장 나아가고자 하고, 모든 양식樣式 효과를 규탄하며, 사물을 감추기 위해 말을 쓴다든가 수사로 관념을 숨기길 거부한다. 그에게 말이란 몸의 형태를 변형시키지 않고 제2의 피부처럼 몸에 꼭 들어맞아 몸의 자연스러운 형태를 드러내어 몸의 생김새를 짐작하게 해주는 옷과 같다. 이는 인공과 화장을 거부하는 또 하나의 방식이다. 몽테뉴는 라틴어 대신 프랑스어를 선택했을

---

10 Gaius Suetonius Tranquillus(69~130?). 로마 시대의 역사가이자 정치가.

뿐만 아니라, 마땅한 프랑스어가 없으면 주저 없이 지방 사투리를 끌어쓰며, "종이 위에 적을 때든 입으로 뱉을 때든" 목소리에 가장 가까이 있는 글쓰기 방식을 칭찬한다. 자신의 이상적인 언어에 대한 이 같은 묘사는 구체적이고, 맛깔나고, 관능적이다. 그는 자신이 예찬하는 문체, 아테네인들의 장황한 풍부함ubertas과 구별되는 스파르타인들의 엄한 간결함brevitas의 특징을 나타내는 문체를 묘사하기 위해, 다소 어려워져 크레타섬 사람들의 수수께끼 같은 문체가 되어버릴 위험을 무릅쓰고서 육감적인 형용사들을 쌓아나간다. 몽테뉴는 학교·설교단·변호사석 등, 수사학적 웅변술이 쓰이는 장소들—"학자연하는 말투나 설교조나 변론조의 화법"—에 율리우스 카이사르의 군대식 화법, 긴 문장이 아니라, 짧고 거친 문장으로 이루어진 단속적이고 밀도 있는 문체를 대립시킨다.

하지만 몽테뉴의 머릿속에는 1528년에 출간되어 인기 있던 한 저술, 발다사레 카스틸리오네의《궁정론》에서 발견한 또 다른 최신 모델이 하나 들어있다. 그것은 이탈리아어로 '스프레차투라sprezzatura'라고 불리는 것으로, 공들여 꾸미는 게 아니라 오히려 기교를 숨기는, 궁정인의 자유로운 경쾌함 또는 태평스러운 태도, 세심한 무관심을 가리킨다.

> "나는 오늘날의 젊은이들이 옷차림에서 보여주는 그 방종을 기꺼이 모방했습니다. 외투를 비스듬히 걸치고, 케이프를 어깨에 두르고, 스타킹을 헐렁하게 신는 식의, 인위적으로 꾸미는 것을 싫어하고 이질적인 치장들에 대해 경멸 어린 오만을 드러내는 방종 말입니다. 나는 그런 태도를 화법의 형태에 응용하면 더욱 좋겠다고 생각합니다. 특히 프랑스인의 유쾌함과 자유로운 기질을 생각해보면, 부자연스러운 그 모든 가식은 궁정인에게 재앙과 같습니다. 군주제 국가에서 모든 신사는 궁정인의 옷차림을 해야 하니까요. 그러므로 우리는 꾸밈없고 시건방진 쪽으로 조금은 엇나가도 좋을 것 같습니다."(265~266)

바로 이것이 몽테뉴 스타일이다. 비스듬히 걸친 외투, 어깨에 두른 케이프, 흘러내리는 스타킹, 이는 자연과 재결합하는 인공의 극치다.

34

나쁜 기억력

몽테뉴는 기억력에 대해 아주 모호한 태도를 견지한다. 전통에 따라 그는 기억력을 완성된 인간의 필수 능력이라며 칭찬해 마지않는다. 기억력은 수사학의 최종 부분으로, 웅변가는 이 덕에 보석 같은 말을 구사하여 어떤 상황에서도 유창하게 말할 수 있다. 키케로나 퀸틸리아누스의 책 등, 수사학을 다룬 모든 논저는 기억력 훈련을 권장하며, 르네상스는 인위적 기억력의 시대, 기억력을 펼쳐 보이는 시대다. 한데 종종 몽테뉴는 자신의 기억력이 남달리 빈약함을 강조한다. 그가 〈교만에 대하여〉 장에서 그리는 자화상을 예로 들어보자.

"기억력은 경이로울 만큼 유용한 도구로, 이것 없이는 판단력도 제구실을 하기가 어렵다. 한데 나는 이 기억력이 절대적으로 부족하다. 누군가가 나에게 뭔가를 제안하려면, 조금씩 나눠서 해야 한다. 여러 주안점을 기억하고 문제에 대답한다는 건 내 능력으로는 안 되는 일이기 때문이다. 그러니 나는 메모판 없이는 직책도 맡을 수 없을 것이다. 긴 호흡으로 말해야 하는 중대 사안이 있을 때, 어쩔 수 없이 나는 해야 할 말을 한마디 한마디 외워야만 하는 꼴사납고 비참한 신세가 된다. 하지만 나의 부족한 기억력이 나를 어떤 곤경에 빠트릴지 걱정되어, 나로서는 달리 어떻게 해볼 방도도 자신도 없다."(제2권 17장, 1002~1003)

몽테뉴는 기억력이 나빠 괴롭다고 털어놓는다. 기억력은 그가 자신의 육체적·정신적 초라함을 설명하기 위해 자신을 묘사할 때마다 열거하는 단점들의 긴 목록 중 하나다. 그는 복잡한 이야기는 모두 기억할 수 없고, 따라서 거기에 대답할 수도 없다. 그러므로 그에게 어떤 일을 맡기려면 글로 써줘야 한다. 또한 연설을 늘어놓을 일이 있으면 통째 외워 기계적으로 읊조려야 한다. 몽테뉴가 집요하게 상기시키는 바는 웅변가의 능란한 기억력이 자신에게는 없다는 것이다. 웅변가란 연설을 할 때, 머릿속에 어떤 건물 어떤 집을 떠올리고 서 머릿속으로 방방이 돌아다니며 각 방에 미리 비치해둔 말들을 회수해가며 활용하는 사람이다. 몽테뉴의 기억력에는 그런 유연함이 없기에, 그는 연설문을 암 송하는 것으로 만족해야 한다.

하지만 기억력이 나쁜 것에는 여러 가지 이점도 있다. 첫째, 거짓말을 못 하게 되고, 성실해진다. 기억력이 나쁜 거짓말쟁이는 자신이 한 말을 기억하지 못해 자신이 한 말과 다른 말을 할 수밖에 없고, 그래서 거짓말이 금방 들통나게 된다. 이는 몽테뉴가 자신의 정직성을 아주 겸손하게 표현하는 한 방법일 수 있다. 미덕으로서가 아니라 나쁜 기억력 때문에 어쩔 수 없이 떠안은 조건으로서 말이다. 둘째, 기억력이 부족한 사람은 더 나은 판단력을 갖게 된다. 다른 사람들에게 덜 휘둘리기 때문이다.

"기억력은 학문을 담는 그릇이요 상자다. 기억력이 몹시 부족한 나는 아는 게 별로 없어도 크게 불평하지 않는다. 나는 학문과 예술의 이름을 대체로 알고, 그것들이 무엇을 다루는

지는 알지만, 그 이상은 전혀 모른다. 책을 뒤적거리긴 하지만 연구하지는 않는다. 내 안에 남는 것은 내가 더는 남의 것으로 인정하지 않는 것이다. 내 판단력이 덕을 본 것은 오직 그뿐, 즉 내 판단력에 배어든 이야기들과 생각들뿐이다. 나는 저자, 장소, 말들, 그밖에 다른 정황들은 즉각 잊어버린다. 잊는 능력이 너무나 탁월하여, 심지어 내가 쓴 글이나 구성 내용도 다른 것 못지않게 잘 잊는다."(1005~1006)

요컨대, 기억력과 관련한 몽테뉴의 겸손한 고백은 분명 독창성에 대한 권리주장으로서의 가치가 있을 것 같다.

35

냄새, 버릇, 몸짓

몽테뉴는 책을 읽을 때 우리 눈에는 아주 부차적인 것으로 보일 수 있는 것들에 관심을 기울인다. 그런 그를 우리는 제1권의 짧은 장 〈냄새에 대하여〉에서 엿볼 수 있다.

"어떤 사람들, 이를테면 알렉산드로스 대왕 같은 이는 희귀한 특이 체질로 인해 땀에서 달콤한 냄새가 났다고들 한다. 그래서 플루타르코스를 비롯한 몇몇 사람들이 그 원인을 탐구했다. 하지만 인체의 일반적인 방식은 이와 정반대다. 인체가 가진 최상의 상태는 냄새를 풍기지 않는 것이다."(제1권 55장, 509)

몽테뉴는 르네상스기의 베스트셀러이자 그의 애독서였던 《플루타르코스 영웅전》에서 이 사소한 에피소

드를 읽었다. 우선 이는 우리에게 냄새가 현대 위생학이 생겨나기 전부터 하나의 고역일 수 있었음을 상기시킨다. 몽테뉴가 적고 있듯 "일반적인 몸의 방식이 이와(알렉산드로스와) 정반대"라면, 사람들 대부분은 나쁜 냄새를 풍겼다는 얘기다. 여행을 갈 때 몽테뉴는 그 도시의 악취를 불편해했다. "숙소를 정할 때 내가 가장 신경 쓰는 것은 심한 악취를 피하는 일이다. 베네치아나 파리 같은 아름다운 도시들은, 하나는 늪지에서 다른 하나는 진창에서 풍기는 퀴퀴한 냄새 때문에, 내가 품은 호감을 손상시킨다."(512)

우리가 바랄 수 있는 최상은 사람들이 아무 냄새도 풍기지 않는 것이다. 한데 알렉산드로스—달콤한 땀이 나는—는 나쁜 냄새를 풍기지 않았을 뿐 아니라 천성적으로 좋은 냄새를 풍겼다. 플루타르코스에 의하면, 알렉산드로스는 기질이 불같이 뜨거워 몸의 습기를 태워 없애버렸다고 한다. 몽테뉴는 역사가들에게서 얻는 이런 이야기를 아주 좋아한다. 그는 전쟁이나 정복 같은 큰 사건들이 아니라 일화·버릇·몸짓 같은 것에 흥미를 갖는다. 알렉산드로스가 머리를 옆으로 기울였다

몽테뉴와 함께하는 여름

든가, 카이사르가 손가락으로 머리를 긁적였다든가, 키케로가 코를 후볐다든가 하는 것들에 말이다. 어떤 사람의 의지에서 벗어난 이런 무의식적 행동들이 전설적인 무훈들보다 그에 대해 더 많은 것을 말해준다. 몽테뉴는 역사책들에서 바로 그런 것들을 찾는데, 그는 《수상록》 제2권의 〈책에 대하여〉 장에서 이를 죄드폼 경기에서 빌어온 이미지인 "드루아트 발", 즉 내 오른쪽으로 날아오는 치기 쉬운 공에 비유하여 설명한다.

"역사가들은 나의 드루아트 발이다. 재미있고 쉽기 때문이다. 이와 동시에, 내가 알고자 하는 사람이 거기에서는 다른 어느 곳에서보다 더 생생하고 온전하게 나타난다. 인물의 내적 조건들의 다양성과 진면목이 전체적으로 그리고 상세하게 나타나고, 그 인물이라는 조합체를 이루는 방식들의 다양성과 그를 위협하는 사건들이 나타난다. 사람들의 생애를 글로 쓰는 이들은 사건들보다는 그들이 내리는 결정들을, 외부에서 일어나는 것보다는 내부에서 기인하는 것을 더욱더 재미있어하는데, 바로 그런 사람들이 나와는 더 잘 맞는다."(제2권 10장, 658)

몽테뉴는 자신이 즐겨 읽는 역사가들의 책에서 사건들보다는 '결정들', 즉 결정을 내리기까지의 숙고와 결정이 취해지는 방식에 더 애착을 느낀다. 사건들의 흐름은 운에 달린 일이다. 사건보다는 숙고가 그 사람에 대해 더 많은 것을 우리에게 말해준다. 그의 내면으로 파고들 수 있게 해주기 때문이다.

"그래서 플루타르코스는 모든 면에서 내 취향의 작가다. 라에르티오스[11]가 쓴 열두어 편의 작품이 남아 있지 않고, 그가 좀 더 널리 알려지지 않고, 좀 더 많이 회자되지 않는 것이 나로서는 참으로 유감스럽다. 나는 세상의 위대한 선구자들의 다양한 학설과 사상을 아는 것 못지않게 그들의 생애와 운명에 대해서도 알고 싶기 때문이다."(제2권 10장, 658~659)

전기 수집가 몽테뉴는 그래서 자신의 삶을 쓰기 시작했다.

---

11 Diogenes Laërtius. 서기 3세기경에 활동했던 것으로 추정되는 그리스의 철학자, 전기 작가.

36

고문을 반대함

마르텡 게르 사건은 유명하다. 콩테드푸아의 이 농부는 가족과 불화한 뒤 마을을 떠났다. 12년 후에 돌아와 보니, 그를 꼭 닮은 사람이 그의 자리는 물론 부부 침대까지 차지하고 있었다. 그는 소송을 제기했다. 두 남자를 판별하는 기나긴 재판이 이어졌다. 1560년, 신분 횡령자 아르노 뒤 틸―1982년에 나온 다니엘 비뉴의 영화 〈마르텡 게르의 귀향〉에서 제라르 드파르디외가 그의 역할을 맡았다―은 유죄 선고를 받고 교수형에 처해졌다. 툴루즈 고등법원 판사인 장 드 코라가 이 "우리 시대의 경이로운 사건" 이야기를 책으로 출판했고, 몽테뉴는 《수상록》 제3권의 〈절름발이에 대하여〉 장에서 이 사건을 떠올린다.

"어렸을 때 나는 툴루즈 고등법원 판사 코라가 책으로도 출판한 한 이상한 사건의 소송을 보았다. 서로 자기가 진짜라고 주장하는 두 남자 간의 분쟁이었다. 코라가 유죄라고 판단한 자의 사기가 우리의 상식과 너무나 동떨어지고 너무도 경이로운 것으로 여겨졌기에, 그자에게 교수형을 선고한 판사의 판결이 대단히 무모하다고 생각되었던 기억이 난다(다른 건 그리 생각나지 않는다). 우리는 '재판정은 전혀 인정하지 않는다'라고 말하는 식의 판결을 받는다. 아레오파고스 사람들은 좀 더 자유롭고 진솔했다. 그들은 진전시킬 수 없는 소송 사건에 쫓기면, 당사자들에게 백 년 후에 출두하도록 명했다."(제3권 11장, 1601)

몽테뉴는 나이를 착각하고 있지만—당시 그는 어린아이가 아니라 스물일곱 살 청년이었다—, 자신이 느낀 당혹감을 토로한다. 그가 코라였다면, 두 마르탱, 즉 오랫동안 가족과 젊은 아내 곁에서 자리를 지킨 자와 많은 세월이 흐른 후 돌아와 자신의 자리를 요구한 자 중에서 어느 쪽이 진짜이고 가짜인지 결단을 내리지 못했을 것이다. 그에게는 마르탱 게르를 자처한 자의 행각이 너무도 '경이롭게' 여겨지고, 그래서 그자에게 유죄 선고를 내린 판사의 확신이 대단히 무모하다고 생각되었기에, 자신이었다면 해명할 수 없는 사건을 대하는 아레오파고스 사람들처럼 판단을 중지했으리라는 것이다.

몽테뉴는 해결이 어렵거나 불가능한 여러 사건 중에서도 특히 마르탱 게르 사건에 관심을 보인다. 그는 사건 해결을 위해 자행하는 고문에 항의한다. 마녀들에 대해서도 그는 당시로서는 거의 유일하게 판결 보류를 요청한다.

"내 주변의 마녀들은 그들의 몽상을 구체화하는 새로운 저자가 나타나 의견을 낼 때마다 목숨이 위태로워진다. (…) 우리로서는 원인도 방법도 알 수 없기에, 우리의 것과는 다른 수완이 필요하다. (…) 사람을 죽이려면 명백한 이유가 있어야 한다. (…) 나는 증명하기 어렵고 믿기에 위험한 일에는 확신하기보다 의심하는 쪽으로 기울어야 한다는 성 아우구스티누스와 같은 생각이다."(1601~1604)

당시에는 흑마술 현상들을 설명할 수 있다고 주장하며 마녀들에 대한 재판에서 고문 사용을 정당화하는 악마론이 유행했다. 몽테뉴는 회의적 태도를 견지한다. 그가 보기에 마녀는 미친 사람이고, 악마론자는 사기꾼이다. 마녀와 악마론자 둘 다 똑같은 집단 환상의 희생자들이다. 우리의 무지는 우리를 더욱더 조심스럽고 신중한 행동으로 이끌어야 한다. 몽테뉴는, "어쨌든 산 사람을 태워죽이는 건 그의 허무맹랑한 가설들에 아주 비싼 가격을 매기는 것"(1604~1605)이라고 결론 짓는다.

가짜 마르탱 게르와 마녀들, 또는 신세계 인디언들을 마주하고서 — 〈역마차에 대하여〉 장에서 —, 몽테뉴는 모든 잔혹 행위에 항의하고 관용과 면죄를 옹호한다. 이런 정신들보다 그를 더 잘 정의하는 정신은 없다.

37

예―아니오

몽테뉴는 종교 관련 문제를 다룰 때마다 극도로 신중한 태도를 보이는데, 예를 들면《수상록》제1권〈기도에 대하여〉장의 서두에서, 기독교 생활의 이 의례적 행위에 대한 견해를 밝힐 때 그렇다.

"학교에서 토론 거리로 수상쩍은 의문들을 제기하는 사람들이 그러듯, 나는 풀리지 않은 미완의 기발한 생각들을 제안하곤 한다. 진리를 정립하기 위해서가 아니라 찾기 위해서다. 그리고 그것들을 내 행동이나 글뿐 아니라 나의 사상까지 해결하려는 사람들의 판단에 맡긴다. 내가 부조리하고 불경한 존재요, 내가 태어나고 죽는 '사도 로마 가톨릭교회'의 성스러운 결단과 가르침에 반하는 그런 광시곡에 비열하거나 안일하게 빠져 있어 그들의 사상과 일치하는 바가 전혀 없다며 비난하더라도, 나로서는 그것을 칭찬과 마찬가지로 수용하여 유익하게 여길 것이다."(제1권 56장, 512~513)

다시 한번 몽테뉴는 서두를 겸손한 선언으로 시작한다. 여기서는 결론에 이르는 것을 삼가는 자유로운 토론을 제안할 뿐이다. 우리는 토론하는 즐거움을 위해 토론한다. 마치 대학 강당에서 한 가지 주제를 놓고 토론을 벌일 때, 공표하기 위해서가 아니라 훈련하기 위해서, 어떤 주제에 대한 찬성과 반대pro et contra를, 예와 아니오sic et non를 모두 지지하듯이 말이다. 그야말로 '에세Essais', 즉 철학 개론이나 신학 개론과는 전혀 무관한 사유의 훈련이자 실험이요, 관념의 유희다. 몽테뉴는 자신의 생각을 고집하지 않는다. 그것이 틀렸다고 평가받는다면 그것을 버릴 마음의 준비가 되어 있다고 말하며, 교회의 권위에 기꺼이 굴복한다.

1580년에 그가 《수상록》 제1권과 제2권을 로마교황청의 검열에 맡기기 위해 로마 여행을 떠난 의미가 여기에 있을 것이다. 로마교황청은 "운fortune"이라는 말의 사용 같은 몇 가지 세부 사항을 비판하긴 했지만,

그밖에는 이의를 제기하지 않았다. 이를테면 〈레몽 스봉에 대한 변호〉에 나오는 신앙 절대주의라든가 기독교 회의주의, 즉 신앙과 이성의 거의 절대적인 분리 등에 아무런 이의도 제기하지 않은 것이다. 죽을 날이 가까워짐을 느낀 몽테뉴는 1588년 이후에, '교회'에 대한 자신의 오랜 충심을 명확히 하고자 〈기도에 대하여〉 장의 서두를 보강했다.

하지만 그래도 여전히 그는 거의 곳곳에서 기적이나 미신에 대한 불신을 외치며, 앞서 언급한 바처럼 주변 마녀들에 대한 관용을 촉구한다. 또한《수상록》의 여러 구석진 곳에서는 좀 더 혼란스러운 발언들도 발견되는데, 예를 들면 〈레몽 스봉에 대한 변호〉의 다음 내용이 그렇다.

"내가 오늘 쥐고 있는 것, 그리고 내가 믿는 것, 나는 그것을 움켜쥐고, 내 온 믿음을 다해 그것을 믿는다. 나의 모든 수단과 정신적 힘이 이 생각을 움켜쥐고서, 자신들이 할 수 있는 모든 것에 관해 내게 대답한다. 어떤 진리도 이렇게 하는 것보다 더 확실하게 이해하거나 간직하지 못할 것이다. 나는 전적으로 거기에 있고 진심으로 거기에 있다. 하지만 틀렸다는 판단이 들면, 한 번이 아니라 백 번, 천 번, 아니 매일같이, 똑같은 수단과, 똑같은 조건으로, 모든 것에 어떤 다른 생각이 들지 않았는가?"(제2권 12장, 874)

이처럼, 나는 오늘 온 믿음을 다해서 이것이나 저것을 믿을 수 있다. 확신이 바뀌는 일이 종종 있었음을 잘 알지만, 이 순간만큼은 전적으로 참되고 확실하게 말이다. 판단의 불확실성과 행동의 불안정성은 결정적인 대목마다 되풀이되는, 《수상록》의 핵심어들이다. 몽테뉴는 자신의 신앙 얘기를 하면서 그것이 곧 기독교 신앙을 가리킨다고 명시하지는 않았다. 기독교 신앙이 그런 변덕을 면하는 때는 인간과는 무관한, 전혀 다른 차원을 전제로 할 때뿐이다.

몽테뉴와 함께하는 여름

38

박식한 무지

《수상록》 제1권 끝부분 〈데모크리토스와 헤라클레이토스에 대하여〉—각각 웃는 철학자와 우는 철학자로 알려진 두 사람은 인간 조건의 우스꽝스러움을 나타내는 두 가지 방식을 대표한다— 장의 서두에서, 몽테뉴는 자신의 방법론의 핵심을 이렇게 요약한다.

"나는 첫 추론을 운에 맡긴다. 내게는 모든 추론이 다 똑같이 좋다. 절대 나는 그것들을 전체적으로 다루려는 마음(계획)을 품지 않는다."(제1권 50장, 490)

달리 말하면, "내게는 모든 추론이 다 똑같이 풍요하다."(제3권 5장, 1373) 몽테뉴의 명상은 어떤 관찰이나 독서에서도, 어떤 우연한 만남에서도 시작될 수 있다. 그

래서 그는 그토록 여행을 좋아한다. 특히 ─ 앞에서 보
았듯 ─ 말을 타고 하는 산책을 좋아한다. 말을 타고 가
는 동안에는 생각이 더 잘 떠오르고, 사물들의 움직임
과 삶의 움직임에 따라 생각이 떠올랐다가 중단되곤
한다. 잠시 어떤 생각을 좇다가 그것을 버리고 다른 생
각을 좇곤 하지만, 모든 건 서로 연결되기에 그것은 큰
문제가 되지 않는다.

　나중에 그는 이 짧은 방법 요론에 긴 부연 설명을 덧
붙인다.

　"사실 나는 그 무엇도 전체를 보지 못한다. 우리에게 전체를
보여주겠다고 약속하는 자들도 그렇게 하지 못한다. 모든 사
물이 가진 백 개의 팔다리와 얼굴 중에서 나는 한 가지만 취
해, 어느 때는 그저 핥아보기만 하고 또 어느 때는 슬쩍 건드
려본다. 그러다 가끔은 뼛속까지 찔러도 본다. 최대한 넓게
찌르는 것이 아니라 내가 할 수 있는 한 최대한 깊게 한 지점
을 찌른다. 그리고 그것들을 어떤 이례적인 등불에 비춰 파악
하기를 더 자주 즐기는 편이다."(제1권 50장, 490)

　　　　　　　　　　　　몽테뉴와 함께하는 여름

이미 《수상록》을 펴낸 뒤인 지금, 몽테뉴는 좀 더 자신감에 차 있다. 그는 사물들의 근본을 안다고 주장하는 자들은 우리를 속이는 거라고 말한다. 사물들의 근본을 아는 능력이 인간에겐 주어지지 않았기 때문이다. 세계의 다양성은 너무도 거대하기에, 모든 지식은 취약하며 그저 하나의 견해로 축소된다. 사물들은 "백 개의 팔다리와 얼굴"을 지녔다. "그것들의 보편적 특질은 다양성이다."(제2권 37장, 1229) 그러므로 나는 기껏해야 사물들의 이런저런 면을 밝혀보겠다는 주장만 할 수 있을 뿐이다. 몽테뉴는 관점을 다양화하고 자기 모순적인 말을 하는데, 이는 세계 자체가 역설과 비논리로 가득 차 있기 때문이다.

"내가 나를 잘 몰랐다면, 또 나의 무능을 잘 알지 못했다면, 무모하게도 어떤 주제를 근본적으로 다뤄보겠다고 덤벼들었을 것이다. 나는 계획이나 약속 없이, 조각 빠진 너덜너덜한 표본들을 여기 하나 저기 하나 흩뿌릴 뿐이다. 나는 본격적으로 덤벼들고 싶지도 않고 나 자신을 고집하고 싶지도 않다. 마음에 들면 변화를 꾀하고, 나를 의혹과 불확실성, 그리고

무지無知라는 나의 주된 형태로 되돌린다."(제1권 50장, 490)

우리가 어떤 주제의 끝에 이르게 되리라고 믿는 건 망상일 뿐이다. 몽테뉴는 이곳저곳 기웃거리고 모든 사물의 일면만 다룰 뿐, 본격적으로 진지하게 결정적으로 글을 쓰지 않는다. 자신의 즐거움을 따라가면서, 때로는 자기 모순적인 말도 하면서, 그리고 마법처럼 다루기 어렵거나 결정할 수 없는 주제에 관해서는 판단을 중지하면서 써나간다.

그의 부연 설명은 "나의 주된 형태"인 무지 예찬으로 끝을 맺는다. 하지만 주의하자.《수상록》의 최종 교훈인 이 무지는 원초적 무지, 알기를 거부하고 알려고 노력하지 않는 자의 "아둔한 무지"가 아니라, 지식을 두루 섭렵하고 나서 그것들이 죄다 반쪽짜리 지식에 지나지 않음을 깨달은 무지, 박식한 무지다. 훗날 파스칼이 말하듯이, 이 세상에 모든 것을 안다고 믿는 반쪽짜리 학자들보다 나쁜 건 없다. 몽테뉴가 예찬하는 무지는 자신이 모른다는 것을 아는 자, 소크라테스의 무지다. "순수한 최초의 각인刻印과 본래의 무지"로 되

돌아가는 "완벽과 난해함의 극단"(제3권 12장, 1638~1639)
이다.

39

잃어버린 시간

1588년에 두툼한 4절 판으로 출간된 보르도 판《수상록》사본, 몽테뉴가 1592년 사망할 때까지 "덧붙이는 말"을 잔뜩 채워 넣은 이 사본에는 자신의 계획을 되돌아보는 성찰들이 많다. 〈번복에 대하여〉 장에 덧붙인 내용도 그렇다.

"아무도 내 책을 읽지 않는 날이 오면, 내가 그토록 유익하고 즐거운 사색으로 보낸 그 한가로운 많은 세월이 잃어버린 시간이 되는 걸까? 나를 본떠 이 형상을 주조하는 동안, 나는 나 자신을 추출하기 위해 너무도 자주 다듬고 꾸며야 했으며, 그러는 사이 주인도 단단해지고 조금이라도 더 다듬어졌다. 타인을 위해 나를 그리다가, 내 원래 색들보다 더욱 선명한 색들로 나의 내면을 칠하게 되었다. 내가 내 책을 만든 것 못지 않게 내 책이 나를 만들었다. 저자와 한 몸이 된 책. 고유한 활동의 산물이요, 내 삶의 일부다. 이 책은 다른 모든 책과는 달리 제3의 국외자를 위한 목적과 활동의 산물이 아니다."(제2권 18장, 1026)

《수상록》은 무엇에 소용되는가? 몽테뉴를 그토록 인간적으로 보이게 하고 우리와 가깝게 만드는 건 바로 의심이다. 그 자신에 대한 의심도 포함해서다. 그는 웃음과 슬픔 사이에서 머뭇거리며, 언제나 망설인다. 자기 생의 가장 아름다운 부분을 《수상록》에 바친 이 남자가 책 끝부분에 이르러 괜한 시간 낭비를 한 게 아닌지 또다시 의문을 품는다. 윤곽을 복제하기 위해 모델의 본을 뜨듯이, 책이 거푸집에 앉혀졌다. 하지만 몽테뉴는 더 멀리 나아간다. 단순한 유사성으로 만족하지 않는다. 즉각 그는 원본과 복제, 그의 용어대로 "주인"과 "형상"을 연결하는 변증법을 서술해나간다. 거푸집에 찍어내는 행위가 모델을 변화시켰다. 모델이 더 잘 "다듬어졌다"는데, 다시 말하면, 머리 손질이 더 잘 되고, 더 정돈된 모습이 되었다는 얘기다. 원본이 사본에

서 자신을 알아보지만, 사본이 원본을 변화시켰다. 그
들은 서로 상대를 본떠 자신을 만들었거나, 함께 서로
를 만들었고, 그래서 서로 구분할 수 없게 되었다. 몽테
뉴는 나중에 쓴 제3권 2장 〈후회에 대하여〉에서 "하나
를 건드리면 다른 것도 건드리게 된다"라고 말한다.

이 전례 없는 시도를 성공적으로 해낸 몽테뉴의 자
부심이 느껴진다. 이전의 어떤 저자도 이처럼 사람과
책의 완전한 합일을 실현해보리라는 야심을 품지 않았
기 때문이다. 하지만 이 작은 자만심마저도 곧 부인되
는 것 같다. 이 모든 것이 계획 없이, 즐거움을 좇다가
우연히 이루어진 것이기 때문이다.

"내가 이리도 호기심에 이끌려, 이리도 끊임없이 나 자신을
성찰해온 것이 괜한 시간 낭비였을까? 그저 몽상에 젖어 약
간의 언어로 얼마간 시간을 내어 자신을 되돌아보는 자들
은 그것을 자신의 공부로 자신의 저술로 자신의 직분으로 삼
은 자만큼, 자신의 온 힘과 믿음을 다해 오래 가는 어떤 기록
부를 작성하는 자만큼 깊이 있게 자신을 탐구하지도 자기 안
으로 파고들지도 못한다. (…) 이 일은 얼마나 여러 번 내 기

분을 따분한 사색들로부터 전환해주었던가?"(제2권 18장, 1026~1027)

몽테뉴는 자기 방식의 독특함과 대담함을 의식하고 있다. 그저 약간의 생각과 몇 마디 말로, 이따금 자신을 탐구하는 자들은 자기 자신에 대한 깨달음, 즉 인간에 대한 깨달음을 향해 그리 멀리 나아가지 못한다. 몽테뉴는 글을 쓰는 행위, 자신을 쓰는 행위가, 그 자체로 그리고 타인들과 더불어, 자신을 변화시켰음을 안다. "몽테뉴가 글로 쓴 그대로의 인간이 있다면, 이 땅에 사는 즐거움은 배가 되었을 것이다." 훗날 니체는 그렇게 인정하게 된다.

하지만 "사거리에 동상을 세우는 짓"(제2권 18장, 1025)은 절대 안 될 일이다. 몽테뉴는 조금이라도 앞으로 떠밀리면 즉각 뒤로 물러난다. 그에게 글쓰기란 무엇보다도 기분전환 거리였고, 권태에 대한 치료제였고, 멜랑콜리에 대한 피난처였다.

40

세상의 왕좌

나는 귀가 예민한 이들을 놀라게 할 위험을 무릅쓰고 《수상록》의 매우 불경한 결론을 인용해도 좋을지 오랫동안 망설였다. 하지만 몽테뉴가 한 말인 것을 무슨 권리로 전달하지 않는단 말인가? 해보자, 더구나 마지막 기회 아닌가.

"위대한 인물 이솝이 산책하며 오줌을 갈기는 주인을 보고 말했다. '아니, 이젠 뛰어가면서 똥을 싸야만 하는 건가요?' 시간을 아끼자. 여전히 우리는 너무 많은 시간을 한가로이 빈둥거리며 잘못 쓰고 있다."(제3권 13장, 1739)

하나의 인생 철학 전체가 이렇듯 인상 깊은 몇 마디 말로 요약되어 있다. 르네상스 시대 사람들은 우리처럼 기교를 부리지 않고 생각하는 바를 솔직하게 말했다. 《수상록》의 마지막 장 〈경험에 대하여〉는 종종 쾌락주의와 결합하는 몽테뉴의 최종 지혜를 제시한다. 생의 시간을 누리자. 자연을 따르자. 현재를 즐기자. 공연히 서두르지 말자. 에라스뮈스가 높이 평가한 역설적 금언 "페스티나 렌테Festina lente", 즉 "천천히 서둘러라"가 압축적으로 표현했듯이. 몽테뉴가 더욱 큰 소리로 이렇게 표현하듯이.

"내겐 나만의 사전이 있다. 날씨가 나쁘고 불편할 때, 나는 시간을 흘려보낸다. 날씨가 좋을 때는 시간을 흘려보내고 싶지 않아, 시간을 다시 어루만지고 시간에 매달린다. 나쁜 날엔 달려야 하고, 좋은 날엔 다시 앉아야 한다."(1732)

괴로울 땐 발걸음을 재촉하자. 하지만 순간의 기쁨을 느긋하게 음미하자. 호라티우스는 "카르페 디엠Carpe diem"이라고 했다. "내일을 걱정하지 말고 오늘을 즐겨라." 죽음을 생각하지 말고 순간을 충만하게 즐기라는 얘기다. 《수상록》 마지막 페이지들은 이 도덕을 온갖 형태로 열거하고, 자기 자신과의 일치를 권장한다.

"나는 춤출 때 춤추고, 잠잘 때 잠잔다. 아름다운 과수원을 홀
로 거닐 때, 내 상념들은 시간의 일정 부분 동안 외부에서 일
어나는 일들을 품지만, 다른 부분에서는 그 상념들을 다시 산
책으로 과수원으로 고독의 감미로움으로, 그리고 나에게로
데려온다."(1726)

몽테뉴가 자신에게 제안하는 윤리는 하나의 미학,
즉 아름답게 사는 기술이기도 하다. 순간의 포착이 이
세상에 존재하는 겸손하고 자연스러운 한 방식, 단순
하고 충만하게 인간적으로 사는 방식이 된다.

"아테네 인들이 폼페이우스의 도시 입성을 기리기 위해 새긴
다음의 멋진 문구는 나의 견해와 일치한다.

그대는 스스로 인간임을 인정하니
그만큼 신이로다.

자신의 존재를 충실하게 즐길 줄 아는 것이야말로 신과 같은 절대적 완벽이다. 우리는 우리가 어디에 소용되는 존재인지 알기 위해 다른 조건들을 찾는다. 우리가 어떤 존재인지 알기 위해 우리 바깥으로 나간다. 하지만 아무리 죽마를 타본들 소용없다. 죽마 위에서도 우리는 우리의 다리로 걸어야 하기 때문이다. 세상의 가장 높은 왕좌에서도 앉을 때는 우리 자신의 엉덩이를 깔고 앉는다. 내 생각에 최고로 아름다운 삶이란 보편적이고 인간적인 본보기를 순리대로 따르는 삶이다. 기적을 바라지도, 광태를 부리지도 않고."(1740)

《수상록》의 마지막 말들은 우리에게 주어진 대로의 삶을 받아들이라는 것이다. 삶이 우리에게 예정해둔 것이 무엇이든, 삶은 귀인 천인 가릴 것 없이 누구에게나 똑같다. 죽음 앞에서는 모두 똑같은 존재이기 때문이다. 몽테뉴는 소매를 잡아끄는 악마를 수호천사로 받아들여 인간 조건에서 벗어나려 했다며 자신의 최고 영웅 소크라테스마저 비난하려 든다. 몽테뉴, 그는 자신의 운명을 인정하고 자연에 순종한 벌거벗은 인간, 우리의 형제다.

"함께하는 여름" 시리즈에 대하여

몇 달 전인 지난 2월(2022년 2월 17일), 이 책의 저자 앙투안 콩파뇽이 프랑스 한림원Académie française 회원으로 선출되었다. 회원 수가 총 40명으로 고정되어 있고, 사망 등 불가피한 사유로 결원이 생길 때만 충원되는 프랑스 한림원 회원은 해당 분야 최고의 지성, "불멸의 지성"으로 인정받는다. 그러니까 이제 콩파뇽은 인문학자로서의 최고의 명예를 누리게 된 것이다.

원래 그는 인문학을 하려고 했던 게 아니었다. 브뤼셀에서 군인(장 콩파뇽 장군)의 아들로 태어나, 아버지의 배속지를 따라 튀니지·런던·워싱턴 등 세계 각지를 떠돌며 자란 그는 프랑스의 명문 공대 '에콜 폴리테크니크'를 졸업하고서 엔지니어의 길로 나아갔던 사람이다. 그러다 스물다섯 살 때, 롤랑 바르트의 "카리스마와 문학세계"에 빠져 돌연 문학 쪽으로 전향했다. 그 후 그는 그 자신의 표현을 빌리면 "거의 독학으로" 문학을 공부했고, 문학박사(쥘리아 크리스테바의 지도)와 국가문학박사(장 클로드 슈발리에의 지도) 학위를 취득한 후 프랑스의 루앙 대학·멘 대학·소르본 대학과 미국의 컬럼비아 대학 등, 프랑스와 미국을 오가며 교수로 활동했고, 2006년부터 2021년까지 15여 년 동안 '콜레주 드 프랑스' 교수로 재직하다가 이제 막 은퇴했다.

그가 개시한 "함께하는 여름" 시리즈의 성공이 이번에 한림원 회원으로 선출된 데 크게 도움이 된 것 같다. 매년 여름 라디오 방송에서 몽테뉴·프루스트·보들레르·빅토르 위고·마키아벨리·호메로스·폴 발레리·파스칼·랭보·콜레트 등, 위대한 작가들의 명저에 관한 이야기를 나누고 그 내용을 책으로 펴낸 이 시리즈는 지금까지 프랑스에서만 85만 부가 판매되고 전 세계 75개 언어로 번역되었으며, 현재 프랑스 고등학교의 문학 교재로 쓰이고 있다고 한다. 이제는 연례행사가 되어, 해마다 많은 독자가 위대한 저자들을 먼저 라디오 방송으로, 뒤이어 책으로 만나기를 고대하며 이 "함께하는 여름" 시리즈의 신작을 기다린다. 올해로 10주

몽테뉴와 함께하는 여름

년을 맞는 이 시리즈는 바로 이 책《몽테뉴와 함께 하는 여름》으로 시작되었다. 출간 후 몇 개월 만에 10만 부가 훌쩍 넘게 팔려나간 이 책의 이례적 성공이 이제 프랑스에서 하나의 문화 행사로 자리매김한 "함께하는 여름" 시리즈를 탄생시킨 것이다.

역자는 콩파뇽의 콜레주 드 프랑스 교수 취임 강연을 책으로 펴낸《문학, 왜 하는가》(2007)로 처음 그의 글을 접했다. 10여 년 전 어느 학회에서 〈밀란 쿤데라와 유럽 문학의 가능성〉 주제로 발표를 해야 했을 때, 프랑스 문학의 현주소를 짚어보기 위해 찾아본 책이었다. 20세기 후반의 프랑스 문학을 "길고도 화려한 자살"로 규정한 그의 통렬한 비판에 강한 인상을 받았던 기억이 난다.

"문학은 언제나 앞으로 더 멀리 나아간다는 기획에 이끌려, 아방가르드와 더불어 언제나 빼기(-)의 형태를 취한 도약을 따랐습니다. (…) 뒤도 옆도 쳐다보지 않았습니다. 다른 문학, '거리의 문학', 읽히는 문학이라는 아래쪽은 쳐다보지 않았습니다. 문학의 힘에 대한 어떤 언급도 언짢게 들었습니다. 문학은 무엇에 쓰이는 것이 결코 아니요 중요한 것은 오직 자체 기량을 다듬는 것임을 당연시했기 때문입니다. 하지만 미래에 대한 믿음으로서의 진보주의가 더는 오늘의 법으로 통용되지 않는 이 잠재기에는 오랫동안 문학이 기댔던 진화론이 끝장난 것 같습니다. (…) 문학의 역사가, 문학의 진보가, 문학의 자율적 운동이 더는 문학을 정당화하지 못한다면, 어떻게 그 권위를 정초할 수 있을까요?"

　그의 강연 요지는, 다시 문학의 힘을 회복하고 실추된 가치를 보호하기 위해 '휴머니스트의 말'로 되돌아가자는 것이었다. 문학은 행복한 삶을 살도록 도와준다는 몽테뉴와 베이컨의 말, "문학의 유일한 목적은 삶을 좀 더 잘 즐기게 하거나 혹은 좀 더 잘 견디게 하는 데 있다"는 새뮤얼 존슨의 말, 인간 조건의 복잡성은 문학의 도움 없이는 이해될 수 없으므로 훌륭한 작가들의 작품을 읽는 이들은 세상에 대해 더 많은 것을 알게 되고 삶을 더 잘 누리게 된다는 T. S. 엘리엇의 생각

등을 인용한 후, 마지막으로 다시 한번 그는 밀란 쿤데라의 소설론에 기대어 문학의 필요성을 역설했다.

"문학은 철학·사회학·심리학 담론보다 훨씬 더 우리를 당혹스럽게 하고, 방해하고, 길 잃게 하고, 낯설게 합니다. 문학은 감동과 공감에 호소하기 때문입니다. 이처럼 문학은 다른 담론들이 소홀히 하는(…) 경험 지대들을 탐험합니다. 쿤데라는 '소설의 유일한 도덕은 인식이다. 이제껏 알려지지 않은 그 어떤 실존 조각도 발견하지 않는 소설은 부도덕하다'라는 헤르만 브로흐의 멋진 표현을 우리에게 상기시킵니다."

왜 문학을 하는가? 소설은 우리가 모르고 있던 삶의 국면들을 발견할 수 있게 해주기 때문이라고 쿤데라는 답한다. 그런 발견을 통해 우리가 "좀 더 잘 살고, 좀 더 현명하게, 좀 더 인간적으로 살기 위해서"라고 콩파뇽은 맞장구친다. 물론 그것이 쿤데라의 말처럼 "오직 소설만이 발견할 수 있고 말할 수 있는 것"인지는 의문이지만, 다른 담론들 역시 그런 일을 할 수 있다 하더라도, 더욱 깊게 더욱 효율적으로 그런 일을 할 수 있는 수단은 문학이라는 것이다.

이 강연에서 콩파뇽이 특히 중시한 것은 '읽기 윤리'의 회복이다. 왜 문학 작품을 읽어야 하는가? 그의 독서 철학은 "읽기는 사람을 완전하게 만들고, 대화는 사람을 기민하게 만들며, 쓰기는 사람을 정확하게 만든다"라는 말에 요약되어 있다. 그가 '휴머니스트의 말'로 되돌아가자며 고전 읽기의 필요성을 역설한 이 취임 기념 강연(2006년)과 이 책《몽테뉴와 함께 하는 여름》(2013년)으로 그 '읽기'를 직접 실천하기까지는 6년여의 시차가 있지만, "함께하는 여름" 시리즈의 탄생이 문학의 위기에 대한 그의 이 같은 문제의식이나 독서 철학과 무관할 리 없을 것이다.

사실 몽테뉴의《수상록》만큼, 모르는 이가 없을 정도로 유명하면서도 잘 읽히지 않은 책도 없다고 한다. 콩파뇽은 5백 년 세월의 먼지를 뒤집어쓴 채 지하 서고에 깊이 잠들어있던 이 고전의 먼지를 털어내고, 그것을 읽고, 몽테뉴라는 인간과 그의 핵심 사상을 스케치해 나간다. 몽테뉴는 어떤 사람인가? 그는 국가와 개인의 관계를 어떻게 생각했는가? 세계와 인간의 관계는? 그의 회의주의는 어디에서 오는가? 왜 그는 서구의 미래를 비관하고 혁신에 의혹을 표명했는가? 빈부 격차, 마녀재판, 남녀평등 문제 등에 대한 그의 생각은 어떠했는가? 그는 어떤 교육이 올바른 교육이라고 생각했는가? 지식의 축적을 중시했는가, 사고 능력을 중시했는가? 사랑·우정·독서에 대한 그의 생각은 어떠했는가? 그의 종교 사상은 또 어떠했는가? 그는 독실한 신자였는가, 아니면 가면 쓴 무신론자였는가? 그는 죽음과 삶을 어떻게 보았는가? 그의 쾌락주의의 요체는 무엇인가? 그는 생을 즐기는 최고의 방법이 무엇이라고 생각했는가?

콩파뇽의 날랜 스케치는 무엇보다 몽테뉴의 사상이 오늘날의 우리에게 시사해주는 점들에 초점이 맞춰져 있다. 그래서, 너무 단순하지 않은가 하는 생각이 들 만큼 짧고 간결한 그의 단장 40개를 따라가다가 보면, 어느 순간 우리는 문득 깨닫게 된다. 마치 오래전부터 우리가 몽테뉴를 알고 지내며 그의 책을 읽어오기라도 한 듯, 이 5백 년 전의 고인古人이 지혜롭고 겸손한 어느 이웃 노인의 모습으로 친숙하게 우리 곁에 서 있음을. 콩파뇽의 이 몽테뉴 스케치는《수상록》을 찾아 얼른 도서관으로 달려가고 싶게 만드는 작은 보석 같은 책이다.

2022년 여름,

김병욱

몽테뉴와 함께하는 여름

몽테뉴와 함께하는 여름

첫판 1쇄 펴낸날 2022년 7월 6일

지은이 | 앙투안 콩파뇽
옮긴이 | 김병욱
펴낸이 | 박남주

종이 | 화인페이퍼
인쇄·제본 | 한영문화사

펴낸곳 | (주)뮤진트리
출판등록 | 2007년 11월 28일 제2015-000059호
주소 | 서울시 마포구 토정로 135 (상수동) M빌딩
전화 | (02)2676-7117팩스 | (02)2676-5261
전자우편 | geist6@hanmail.net
홈페이지 | www.mujintree.com

ISBN 979-11-6111-099-8 04860
      979-11-6111-071-4 (세트)

헤맨다고 모두 길을 잃는 것은 아니다

나의 가능성은
내가 믿는 만큼
커진다.

그 누구보다
내가 나를
가장 잘 알고 있으니까.

헤맨다고 모두
길을 잃는 것은 아니다

김달 에세이

빅피시
BIG FISH

차례

part 1.

그 어떤 시련도 이겨낼 당신에게:

헤맨다고 모두 길을 잃는 것은 아니다

part 2.

내가 변하면 모든 것이 변하기 시작하기에:

'가능'은 내가 시도할 때 현실이 된다

part 3.

행복하고 싶은데 행복하지 않을 때:

절대로 절대로 포기하지 말아야 할 것들

part 4.

부서진 관계에 상처 입지 않는 법:

어차피 곁에 남길 사람은 따로 있다

두 번의 오늘은 없으니까

"요즘, 어떻게 지내고 계신가요?"

이렇게 안부를 묻는 일조차
어딘가 조심스럽고,
미안한 기분이 드는 날들입니다.

돌이켜보면 '보통의 날들'을 보냈던 것이
언제였는지 까마득하기만 합니다.
이전에는 좀 더 활발하고,
기쁘고, 행복하게, 보냈던 것 같은데 말이죠.

그럼에도 우리가 살고 있는 시간은
바로 '지금'입니다.
여러 환경의 변화 속에서도
시간은 쉴 틈 없이 흘러갑니다.

요즘 저는 '오늘을 놓치지 말아야겠다'라는
생각을 자주 합니다.

언제까지고 과거의 추억 속에서
살 수는 없으니까,
힘들다고 해서 내 삶을
방치할 수는 없으니까 말이죠.

적어도 스물의 나보다 서른 즈음의 내가,
서른 즈음의 나보다 마흔의 내가 더 괜찮아져 있는,
그런 시간을 살아내고 싶습니다.

당신의 생각은 어떤가요?

비스와바 심보르스카의 시 〈두 번은 없다〉에는
"어제와 똑같은 오늘은 없고,
결코 두 번 되풀이되지는 않는다"
라는 구절이 나옵니다.

두 번의 오늘은 없습니다.
지금 나 자신이 멈춰 있는 듯하다면,
이제는 한 걸음 앞으로 발을 떼볼 용기를 내도
좋을 시점인지도 모릅니다.

당신의 발걸음을 무겁게 했던
앞으로의 미래에 대한 고민,
자존감에 대한 고민,
관계와 사랑에 대한 고민들을
저도 함께 고민해보았습니다.

그리고 오랜 시간,
그 마음을 헤아리고 생각한 끝에
찾아낸 해결책들을 이 책 속에 담았습니다.

인생에는 정답이란 없다고들 합니다.

저의 답들도 정답이 아닐지도 모릅니다.

다만 당신이 어두운 터널과 같은 길에

서 있다고 느껴질 때,

그 길을 제가 조금이라도 밝게 비춰줄 수 있다면

더할 나위 없이 기쁠 것 같습니다.

그렇게 때로는 실패의 모습으로,

때로는 좌절의 모습으로 찾아와

결국엔 우리를 앞으로 나아가게 할

여러 경험들의 날을 함께 겪으며

살아나갔으면 좋겠습니다.

늘 그렇듯이,

저는 언제나 이 자리에 있겠습니다.

고맙습니다.

김달

part 1.
그 어떤 시련도 이겨낼 당신에게:

헤맨다고 모두
길을 잃는 것은
아니다

이제

그만 힘들고 싶다는
마음에게

겉으로는 아무렇지 않은 척하지만
나도 모르게 한숨 쉬고 있다면,

자책과 불안으로
새벽까지 잠 못 이루고 있다면,

그렇게 애쓰고 마음고생 하는 이유를
자기 자신만은 알아줬으면 한다.

내 마음을 직시하는 그 순간부터
나에 대한 믿음이 자라날 테니까.

쫓기듯 정신없이 달리며 하루를 보내고, 혼자만 남은 밤. 그 시간이 오면 그제야 나를 들여다보게 된다. 내 부족함을 마주하고, 다친 마음이 보이면 때때로 속상한 마음을 피할 수 없다.

'오늘 내가 왜 그랬을까?
왜 그런 말을 했을까?
왜 그렇게밖에 못 했을까?'

열심히 하려고 했고, 노력도 했는데 결과가 뒤따르지 않았기에 내일이라고 뭐가 나아질까 싶은 심정이 되는 것이다. 그런 막막한 기분이 드는 순간은 누구에게나 찾아올 거라고 생각한다.

'왜 나만 이렇게 힘들게 살아야 하나. 다들 무난하고 행복하게 잘 사는 것 같은데. 내가 무슨 잘못을 했다고…' 하는 마음에 새벽까지 뒤척였던 당신에게 이 말만은 꼭 해주고 싶다.

남들은 '복세편살'이라지만
그래도 딱 한 번 사는 인생이니까
우리는 좀 더 미래를 걱정하고 고민하며
제대로 살아보자고.

때로는 부담감과 두려움에 휩싸이게 될지라도
그게 현재의 행복을 갉아먹을지라도
결코 지금이 의미 없는 순간은 아닐 거라 믿으니까.

그렇게 때때로 헛발질하더라도
내 인생의 길을
스스로 찾아낼 수 있을 테니까.

고백하건대, 나는 위로의 힘을 믿는다. 힘든 순간, 누군가 진심으로 건넨 "괜찮아"라는 말이 가지는 힘도 잘 알고 있다.

그럼에도 이번만큼은 다정한 위로보다는
냉정하지만 당신의 가슴을 다시 뛰게 할
현실적인 이야기를 하고 싶다.

그렇게 순간의 위안을 넘어,
지칠 때 떠올리면 기운 나게 하는 말들을
전하고 싶다.

"헤매는 모든 자가 길을 잃은 것은 아니다."
《반지의 제왕》을 쓴 J.R.R. 톨킨의 이 말처럼, 오늘의 작은 시련이 내 인생의 실패를 의미하진 않을 것이다. 어떤 날은 유난히 일이 꼬일 때가 있다. 또 어떤 날은 내 에너지의 바닥까지 쏟아부었는데도 그 결과가 초라할 때도 있다. 나 자신이 밉고 싫어지는 날도 있을 것이다. 하지만 단언할 수 있다. 그 어떤 지옥 같은 날들도 반드시 끝이 난다는 것을. 지금 원하는 것을 얻지 못했다고 해서 내 인생이 새드엔딩이 되는 것은 아니다.

힘든 순간에 처할 때마다 의식적으로라도 좀 더 여유로운 마음으로, 하루하루 낯선 동네를 산책하듯 살아보면 어떨까.

'지름길이 아니면 어때. 길을 잃으면 또 어때. 끝까지 한 번 가보지 뭐. 이 길 끝에 뭐가 나올지 누가 알겠어.'

이렇게 덜 낙담하면서 씩씩하게 살아가는 동안, 어쩌면 생각지도 못했던 멋진 풍경을 만나게 될지도 모르니까 말이다. 분명히 저 너머에, 눈부신 날들이 우리를 위해 준비되어 있을 것이다. 그렇게 믿고 싶다. 반드시 그럴 것이다.

지금,

아무것도
하고 싶지 않다면

현재는 자신이 불완전하고,
삶이 엉망진창이라 느껴질지도 모른다.

그러나 변화는 이제부터 시작이다.
앞으로 몇 달만 지나도
스스로 완전히 달라진
자신을 발견할 수 있을 것이다.

지금 해야 할 일은
'생각부터 바꾸는 것'이다.

어느 날인가, 갑자기 인생이 무기력하게 느껴졌던 때가 있었다. 취업도, 준비하던 시험도 생각만큼 잘 풀리지 않았고 어렵사리 입사한 회사에서도 고민되는 일들이 많았다. '내일은 또 똑같은 하루가 펼쳐지겠지' 싶어서 눈을 뜨는 것도, 자리에서 일어나 앉는 것도 힘겹게 느껴졌다.

'열심히 해봤자 뭐가 달라지겠어?

이제 내가 뭘 하고 싶은지도 모르겠는데….'

이런 생각 속에서 점차 자신감이 떨어졌다. 나 자

신이 답답하면서도 어떻게 해야 할지 길이 보이지 않았다. 물론 의욕도 없었다. 그래서 그냥 시간을 때웠다. 이런 현실을 잊을 수 있는 것들을 찾아 빠져들기도 했다. 어쩌면 지금 자신의 이야기인 것 같아 공감하는 사람도 있을지 모르겠다.

생각해보면 이렇게 스스로를 괴롭힌 이유는 목표 앞에서 무엇 하나 제대로 해보지 않고 포기해버린 자신이 싫어졌기 때문이었다. 주변에서 자극받았거나, 갑자기 울컥해서 나 자신도 소화하지 못할 만큼 큰 목표를 세워놓고는 하루이틀 열심히 하다가 어느새 흐지부지 되어버린 적이 얼마나 많았던가. 이런 자신에게 스스로 실망하는 순간이 쌓이고 쌓여 무기력하게 되는 건 아닐까 싶었다.

한번 생각해봤으면 한다. 스스로 잡은 목표를 달성한 경험이 몇 번이나 있는지.

목표가 크다고 해서 반드시 성과도 크다고는 할 수 없을 것이다. 하물며, 거창하게 목표를 세워놓고 달성하지 못한다면 성과는커녕 시간을 잃고 나 자신에 대한 믿음까지 잃게 된다.

☑ 부담 없이 달성할 수 있는

　'작은 목표'부터 떠올려볼 것

　현재 상황에서 부담 없이 시도해볼 수 있는 작은 목표부터 세워보면 어떨까. 내 경우는 매월 한 가지 목표를 달력에다 적고, 성취한 날엔 별표를 쳐보았다. 조금 더 의욕이 있는 달엔 한 가지에서 두 가지로 목표를 늘려보기도 했다. 사실 오랫동안의 무기력한 생활은 습관처럼 몸에 배어서 빠져나오기 쉽지 않았다. 하지만 이렇게 부담 없이 작은 목표를 성취하는 달들이 쌓여가면서 분명한 변화가 나타나기 시작했다. '별표의 날'들이 조금씩 눈에 보이자, 나도 모르는 사이에 삶에 활력이 생기고 다시 잘하고 싶은 마음이 고개를 들었다.

　달력의 다음 장에도 작은 목표를 적어 넣었다. 그다음 달에는 두 개, 또 그다음엔 한 개, 달력 속 남은 몇 개의 달에도 소소한 목표나 나의 꿈들을 적었다. 앞으로의 날들을 생각하니 오랜만에 가슴이 뛰었다. 목표를 이룬 달도, 이루지 못한 달도 있었지만 괜찮았다. 앞 페이지에 이미 수많은 성취의 경험들이 적혀 있었으니까.

'나는 조금만 더 노력한다면
충분히 더 많은 것도
이룰 수 있는 사람이구나.'

'나는 무조건 될 거야. 이런 목표도 이뤘던 사람이니까.' 하는 자기 확신은 나만이 나에게 심어줄 수 있는 게 아닐까. 확신컨대, 자기 확신과 작은 성취들이 모이면 무기력한 감정은 사라질 것이다.

현재는 자신이 불완전하고, 삶이 엉망진창이라 느낄지도 모르겠다. 하지만 내가 나를 믿고서 살아가는 날들이 하루하루 쌓이면 그 뒤로는 몇 달만 지나도 스스로 완전히 달라진 자신을 발견할 수 있을 것이다.

지금 해야 할 일은 생각부터 바꾸는 것이다. 더 이상 자신을 괴롭히지 말고 작은 목표부터 세워보자.

이제, 충분히 잘 해내가는 나 자신과 만날 시간이다.

'이런 어려운 일은 내가 해내지 못할 거야'
'실패하면 어쩌지'
이런 생각이 꼬리를 물 때

'그런 문제들이 현실이 되었을 때 고민하자'
하고 끊고는 눈앞의 문제에 집중한다.

대부분 염려하는 일은 생기지 않는다.

무엇보다 중요한 것은,

지치지 않는 것

자리를 바라는 사람이 될 것인가,
자리를 만드는 사람이 될 것인가.

나도 기회만 주면 진짜 잘할 자신 있는데…
이런 조건부는 그저 실행을 늦추는 구실일 뿐이다.

'판만 깔아주면 진짜 잘할 수 있는데''저 자리에 나를 승진만 시켜주면, 저런 회사에서 나를 스카우트 해주면, 저렇게 좋은 직장에서 나를 뽑아주면 열심히 잘할 수 있는데…'

살다 보면 이런 마음이 드는 날이 있다. 지금 내가 서 있는 위치가 못마땅하거나, 주변 환경이 내 발목을 잡고 있다는 생각이 들 때, 그래서 타인의 조건이 부러워질 때 나는 이 말을 떠올린다.

"노력하는 자가 즐기는 자를 못 따라간다? 다 뻥입니다. 그냥 즐겨서는 최고의 결과를 얻을 수 없어요. 저는 단 한 번도 (농구를) 즐겨본 적이 없어요. 최고의 결과를 위해서 전쟁이라 생각하며 필사의 노력을 다했습니다."

농구선수 출신 예능인 서장훈이 어느 강연에서 한 말이다. 마음이 나태해질 때마다 이 말을 떠올리면 정신이 번쩍 든다.

'즐기는 걸로도 부족하다고?' 싶은 생각이 드는 것이다. 즐기는 것만으로는 부족하고 그 이상으로 피나는 노력을 해야 한다는 말인데, 물론 이 의견도 맞다. 하지만 개인적으로는 노력 그 이상으로 '즐겨야' 오래갈 수 있다고 생각한다.

'즐김'을 어떻게 정의하느냐에 따라 보는 시각이 달라질 수 있을 듯한데, 내가 생각하는 즐기는 사람은 이미 열심히 하고 최선을 다하는 건 기본 전제로 그에 더해 상황을 즐기는 사람을 말한다. 그에 반해 최선을 다하는 사람은 그냥 최선만 다하는 데서 끝나는 사람이다. 그렇기 때문에 성공의 기회는 즐기는 사람이 가져갈 수밖에 없다고 생각한다.

최선만 다하는 사람은
언젠가는 지치게 되어 있다.

열심히 했는데도 불구하고
나를 알아봐주지 않는다는 걸
느끼면 지칠 수밖에 없다.

반면에 즐기는 사람은 지치지 않는다.
일 자체를 스스로 즐기고 있기 때문이다.

예를 들어, 5년이고 10년이고 한 회사에서 뼈를 묻을 각오로 일만 하는데도 나를 알아주지 못한다는 사실을 절감할 때는 지칠 수밖에 없다.

한편으로 최선을 다하면서도 즐기기까지 하는 사람은 쉽사리 흔들리지 않는다. 보상만 바라면서 하고 있는 게 아니기 때문이다. 충분히 재미있게 일을 하면서도, 그 일을 하는 자신이 좋고 만족스러운 것이다. 그렇기 때문에 후자 쪽, 그러니까 즐기는 사람에게 더욱 기회가 갈 거라고 생각한다.

'내 인생은 왜 이렇게 발전이 없을까.'

이런 생각 이전에 우선 최선부터 다해야 한다. 그런 뒤에 최선의 노력을 전제로 즐기기까지 하는 사람이 왜 성공할 수밖에 없는지, 그 내포된 의미를 곰곰이 따져봤으면 좋겠다. 그래야 지치지 않고 오래가고, 오래가야 언제 나타날지 모르는 성공의 기회를 잡을 수 있다.

누가 봐도 아닌 것 같은 일에 목매면서 열심히 하라는 뜻은 아니다. '정말 하고 싶은 일인 만큼 포기하지 않고 계속할 수 있겠다'라는 스스로의 소신과 자신만 있다면 그걸 놓지 않고 즐기면서 최선을 다하라는 것이다.

'내 입장에서 이런 말을 해도 될까' 하는 고민을 지금 이 순간에도 하고 있다. 조금이나마 이 글을 읽어주시는 분들에게 도움이 되었으면 하는 마음에 용기를 내어 전해본다. 그러니 그냥 읽고 넘기는 것이 아니라, 한 번 더 곱씹어 생각해봐주었으면 한다.

지금 나는 내 일을 어떻게 하고 있는가.

그냥 해야 하니까 마지못해 하는가,

최선을 다하고 있는가.

아니면,

그 이상으로 즐기고 있는가.

인생 최고의 순간으로

돌아가는 방법

불행한 것에 대한 익숙함을
단호하게 끊어내는 결단력,

지금 필요한 건 이것이다.

문득 좋은 생각이 떠오를 때 습관처럼 하는 행동이 있다. 몇 번인가 기억력에만 의지하다 아쉽게 중요한 아이디어들을 잊어버린 뒤에 생긴 습관이다. 휴대폰 속 메모장을 연 뒤 나중에 알아볼 수 있을 정도로만 간단하게 주된 내용을 메모해둔다. 시간이 없으면 내 목소리를 녹음이라도 한다.

이 메모장을 열고 하나씩 읽어나가다가 '예전에 내가 이런 생각도 했었구나. 이런 일 때문에 고민도 했었구나' 하고 새롭게 와닿은 내용이 있었다.

이 메모들 속에는 아이디어 이외에도 어떤 일을 적극적으로 해보려는 나, 문제의 해결책을 모색하는 나, 더 나은 미래를 계획하는 나의 모습이 있었다. 가장 빛나는 순간의 나는 어쩌면 이 짧은 메모들 속에 있는 건 아닐까 하는 생각을 했다.

메모를 읽으면서 인생의 어떤 굴곡점이 있을 때 이렇게 고민하고 애써온 자신을 기억하면, 슬럼프를 잘 넘길 수 있을 것도 같다고 느꼈다.

메모보다 나를 기억하기에 간편한 방법이 있다. 바로 사진을 찍는 것이다. 우리는 주로 행복한 순간에 사진을 찍는다. 나 또한 사진첩을 뒤져 보니, 이상하리만큼 힘든 시기에는 나를 기록한 추억이 없었다. 몇 되지 않는 사진들 속의 표정은 어두웠다. 반면에 근심과 걱정이 없던 시기에는 밝은 표정의 사진들로 가득했다.

영화 〈뷰티 인사이드〉에는 자신을 잊지 않기 위해 끊임없이 사진과 영상을 찍는 주인공이 등장한다. 이렇게 일기를 쓰든, 사진을 찍든, 영상을 남기든 주기적으로 자신의 생각과 모습을 기록해놓는다면 분명 본인에게 큰 자산이 될 것이다.

그 기록 속에서 반짝반짝 빛나는 내 장점을 발견할 수도 있고, 바꿔야 할 지점들을 찾을 수도 있다. 혹시나 하는 일마다 안 풀리고 있다면, 스스로 이대로 살아서는 안 되겠다는 자각을 하고 변화를 주는 계기도 될 수 있을 것이다. 그러면 언제 그랬냐는 듯 인생 최고의 순간으로 돌아갈 수 있다.

나 또한 '언제까지 이렇게 일할 수 있을까?' 하는 두려운 마음이 찾아올 때면, 가장 빛나던 순간의 내 모습을 찾아본다.

'저때의 나도 나이고, 지금의 나도 나이니까.
지금의 내가 1년은 더 살았기 때문에
저때보다 더 나은 일들을 할 수도 있겠구나.'

이렇게 과거의 자신에게 힘을 얻고,
자신감을 되찾는다.

귀찮은 마음이 들더라도 일주일에 한두 번이라도

나를 되돌아볼 수 있는 기록들을 한번 만들어보면 좋겠다. 단 한 줄의 메모라도 괜찮다.

그렇게 잘될 때는 내가 힘들었던 때로 다시 돌아가지 않기 위해서 지속적으로 나를 관찰하고, 일이 안 풀릴 때도 잘될 때의 나로 돌아가기 위한 힌트를 얻었으면 한다.

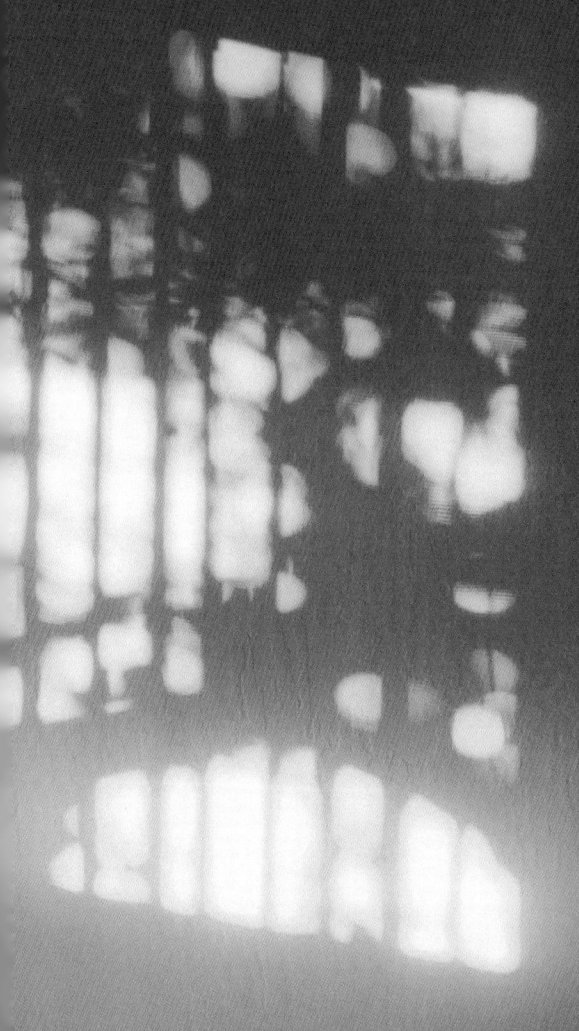

최소한 내 삶에 대해서는
어떤 핑계도 의미가 없다.

그 결과는 내가 만든 것이기 때문이다.

나의 가능성은
내가 믿는 만큼
커진다.

나의 한계를
결정지은 사람도
바로 '나'였지 않은가.

공무원의 꿈을 포기하니
비로소 보였던 것들

압박감에서 좀 벗어났으면 좋겠다.

힘든 길이든 더 좋은 길이든
어떤 상황에서도 길은 있다.

지금 당신이 서 있는 길이
막다른 길이 아니라는 사실만은
잊지 않았으면 좋겠다.

'시험 중독'에 빠진 사회라고들 한다. 정말 주변을 둘러보면 많은 사람이 시험 준비를 하고 있다. 공무원 시험부터 임용고시, 각종 자격증 시험까지 그 종류도 다양하다. 이런 시험들은, 특히 인생이 걸렸다고 생각되는 큰 시험일수록 조금만 더 하면 합격할 수 있을 것 같은 기대의 늪에서 헤어나오기가 쉽지 않다. 그렇게 시험 중독에 빠져들게 되는 것이다.

그러다 문득 정신을 차려보면 시간은 한없이 흘러가 있고, 손에 쥔 결과는 초라할 뿐일 때, 마음에 커다란 동요가 온다. 특히 수험과 취업 준비에 많은 시간을 투입했을수록 자신만 멈춰 서 있는 것 같아 조급한 마음이 들고, 이대로는 안 될 것 같아 '정신 차리지 않으면 끝이야' 같은 절박한 심정이 된다. 나 또한 공무원 시험을 준비할 때 그런 마음이었다.

이제 와서 생각해보니 그때의 두려움은 늘 하고자하는 의지보다 커서, 오히려 나를 합격에서 멀어지게했던 것 같다. 중요한 건 지금 이 순간에 내가 어떻게 대처하느냐에 달려 있는 게 아닐까. 불안에 잠식되어 앞으로 한 발도 떼지 못 한 채 떨고만 있을 것인가, 어떻게든 두려운 마음을 다스리고 앞으로 계속 나아가볼 것인가. 당신은 어떤 선택을 하겠는가.

걱정만 한다고 해서
앞날은 달라지지 않는다.

미래에 대한 적당한 불안과 두려움은 오히려 자신을 움직이게 하는 귀한 동력이 될 수도 있다. 나는지금도 두려운 마음이 들 때마다 이렇게 해보려고 애쓴다.

불안을 떨치는 법 하나,
동기를 다시 생각해볼 것.

돌이켜보면 공무원 시험 준비를 할 때는 이런 마음이었다. 내가 하고 싶어서 시작하긴 했지만, 열의에 불타서 '이걸 내가 안 하면 안 되겠다, 반드시 붙어야지'까지의 절실함은 없었던 것 같다. 그래서 내가 이러면 안 된다는 걸 알면서도 자주 흐트러졌고, '뭔가 바꿔야 돼. 이래선 안 돼' 하는 생각을 했다.

집중하지 못했던 가장 큰 이유는, 바로 시험 준비를 하는 정확한 '동기'를 나 스스로 찾기 못했기 때문이었다. 부모님이 하라고 추천했으니까, 철밥통이라고 하니까, 나중에 먹고살기 편하겠거니 하는 이유만으로는 결코 합격하지 못한다. 진짜 내 마음에서 우러나는 이유가 있지 않으면 슬럼프가 올 때마다 흔들릴 수밖에 없다.

마인드 콘트롤은 '이유' 속에서 나온다. 스스로 자신의 내면을 바닥까지 깊게 들여다보고, 정말 하고 싶은 일인지, 왜 하고 싶은지 숨은 진주를 캐내듯 이유를 찾아야 한다. 이건 자신 외에는 아무도 답을 낼 수 없는 문제다. 눈에 보이지 않지만, 결국 꾸준함과 절실함을 만드는 건 스스로 찾아낸 이유이다.

불안을 떨치는 법 둘,
현실적인 문제요인을 살펴볼 것.

이유가 명확한데도, 내가 계속 흐트러지고 마음을 다잡지 못하는 것 같다면 현실적인 문제도 한번 따져 보았으면 좋겠다. 내가 어떤 일을 하고자 함에 있어서 다양한 필요 조건이 갖춰져 있는지를 살펴보라는 말이다.

시험이든 취업이든 목표로 하는 것에 집중할 수 있을 정도의 시간적인 여유, 금전 상황, 주변 환경까지 어느 정도는 갖춰져 있어야 하는데, 그렇지 않은 상태로 중대사를 준비하는 사람들도 매우 많다. 공부도 돈이 있어야 할 수 있다는 말은 결코 틀린 말이 아니다. 경제적 여유가 있는 사람과 없는 사람 중 누가 더 공부에 집중할 수 있겠는가?

똑같은 아이큐를 지닌 사람이라면 여유가 있는 사람이 다른 걱정거리 없이 더 공부에 집중할 수밖에 없다. 비용에 대한 걱정 없이 강의든, 수험서든, 자료든 무엇 하나라도 더 효율적인 자료를 입수해 한발 빨리 목표 달성에 가까워질 테니까. 그러니까 그 현실적인 문제들에 발목 잡히고 있는 건 아닌지 되짚어 봤으면 좋겠다. 현실적으로 나를 방해하는 것들이 있다면, 그 문제부터 끝을 내거나 어떤 식으로든 해결을 봐야 한다. 그게 순서에 맞는다고 본다.

불안을 떨치는 법 셋,
압박감에 지지 말 것.

우연히 어느 공무원 시험 강사가 수험생들을 앞에 두고 이런 말을 하는 영상을 보았다.

"공무원 시험이 뭐라고. 공무원 안 해도 다 잘살 수 있다. 다른 길 찾아보면 돼. 이게 아니다 싶을 때는 빨리 다른 길을 가란 말이야. 한 번 더 말하지만 우리나라 5천만 명 중에 공무원은 100만밖에 없고 나머지 4,900만 명은 너무나 다양한 길을 선택해서 살아가고 있다니까."

이걸 보면서도 크게 공감했다. 스스로 하고자 하는 의지와 뜻을 다지는 일은 필요하다. 왜 해야 하는지 되새길 필요도 있다. 다만, 이 길이 내 평생 직업이라고만 생각해서 도저히 합격의 기미가 없는데도 계속 매달려 있다면 오히려 그게 내 인생을 망치는 길이 된다. 부디 압박감에서 벗어나 합격의 가능성을 냉정하게 따져봤으면 좋겠다.

절박함과 압박감에 사로잡혀 아무런 판단도 할 수 없을 때는 이렇게 생각해보면 어떨까.

'어떤 상황에서도, 이 길이 아니더라도 살 방법은 있다. 조금 더 돌아간다고 생각한 길이 오히려 지름

길일 수도 있고, 안전하게 그냥 그대로 가자고 생각
했던 길이 나를 더 힘들게 만드는 길일 수도 있다.'

어쨌든 중요한 건 힘든 길이든 더 좋은 길이든 길
이 없는 건 아니라는 사실이다. 길은 있다. 어느 길
이든 당신이 서 있는 길이 막다른 길이 아니라는 사
실만은 꼭 명심했으면 좋겠다.

인생에서

운이 차지하는 비중

'운'은 언제든지 찾아올 수 있다.
다만 다가온 '운'을 놓치는 건 게으름뱅이뿐이다.

오늘 기회가 온다 해도 내가 제로이면
결과 또한 제로에 수렴할 수밖에 없는 것이다.

"형, 인생에서 운이 차지하는 비중이 몇 퍼센트 정도 되는 것 같아요?"

얼마 전 지인을 만나서 이야기하다가 문득 궁금해져 질문을 던져보았다.

인생에서 운과 노력의 비중을 따진다면, 7 대 3이나 5 대 5 정도로 답변할 거라고 예상했다. 그런데 전혀 예상치 못한 답을 들었다.

"인생에서 운이 차지하는 비중은 100퍼센트지."

"왜 그렇게 생각해요?"

"인생의 운은 태어날 때부터 이미 정해져 있는 게 아닐까?"

그러니까 태어날 때부터 자신의 인생이 어느 정도
는 결정된다고 봐도 과언은 아니라는 말이었다. 이런
의미에서 인생은 100퍼센트 운이라고 대답했다는 거
였다.

이 얘기를 듣고 머리를 한 대 얻어맞은 것 같은 충
격을 받았다. 물론 열심히 노력하다 보면 우연히 운
이 찾아와서 누군가의 인생이 달라질 수는 있겠지만,
그렇다면 모든 노력가가 반드시 성공해야 할 것이 아
닌가. 노력한다고 반드시 성공할 수 있다는 보장만
있다면, 그 어떤 일도 어렵지 않을 것이다.

한 예로, 시험공부도 그렇다. 수험 준비가 그토록
힘든 이유는 어떻게 될지 모르는 결과에 대한 두려움
때문이 아닐까. 6개월이나 1년 뒤에 중요한 시험이
있다면, 그 시험 결과가 어떻게 될지 알고 있기만 해
도, 수험 준비에 투입하는 돈이나 노력, 시간이 그렇
게 아깝게만은 느껴지지 않을 것이다. 그러니까 어떻
게 될지도 모르는 일에 투자를 한다는 것 자체가 쉽
지 않은 게 사실이다.

어떤 이들은 지금 내가 하고 있는 일들, 그러니까

크리에이터로 활동하거나 책을 쓰는 것, 기타 사업들이 잘되고 있는 건 예전부터 힘들게 노력한 결과라고들 한다. 하지만 나는 그렇게 생각하지 않는다. 이 모든 결과는 상당 부분 운 덕분이다. 왜냐하면 노력은 분명히 했지만, 노력만큼이나 운도 따라줬기 때문이다.

성공까지 이르기 위해서는
반드시 노력 이외의 첨가물이 있어야 한다.

그렇기 때문에 노력만큼이나 운이 필수 요소가 된다고 생각하는 것이고, 운이 주어지지 않는다면 내가 힘들어하고 고통받는 시간이 점점 길어질 수밖에 없다고 생각한다. 이 기간을 버티는 건 정말 쉽지 않은 일이다.

그러니까 이미 인생은 정해져 있으니까 희망 따위 버리고 포기하는 게 빠르다, 이렇게 말하려는 게 아니다. 다만 언제 찾아올지 모른다고 하는 그 운이 나한테 일평생 한 번쯤은 찾아올 거라는, 희망이 아닌

'확신'을 가지고 삶을 살았으면 좋겠다. 누구에게나 인생에 단 한 번은 기회가 온다고 하지 않는가.

인생에서 운이라는 게 존재하느냐 하지 않느냐, 이 문제를 두고 갑론을박이 있지만, 운이 존재한다라는 전제하에 그 운이 내게 오게끔 만드는 방법이 있다면 그 방법은 '내게 운이 찾아올 거라고 믿느냐 아니냐'에 따라 달라진다고 믿는다.

언젠가는 내게 운이 찾아올 거라고
믿고 살아가는 사람과
내 인생에 운은 단 한 번도 없을 것 같다고
생각하는 사람,

확신을 가진 사람과
포기한 채 살아가는 사람.

이 중에서 운은 당연히 나에게 찾아올 거라고
믿고 살아가는 사람에게 갈 것이다.

우리에게는 지금까지보다 앞으로 살아갈 인생이 훨씬 더 많이 남았을 것이다. 남아 있는 시간을 전부 포기하기로 마음먹은 게 아닌 이상, 내게 운이 찾아올 거라고 믿고 작은 것부터 하나씩 긍정적인 변화를 일으켰으면 좋겠다.

오늘도

고민에 휩싸인
당신에게

시간이 흐른다고 해서
결코 걱정거리가 사라지진 않는다.

다만, 어떠한 걱정도
갈수록 견딜 만한 정도가 되고
점차 희미해지며

언젠가는 웃을 일도 온다는 사실을
잊지 않았으면 좋겠다.

"요즘 가장 힘든 고민은 무엇인가요?"

어느 날 온라인 게시판에서 이런 글을 보았다. 며칠 뒤 그 글에 길게 달린 댓글을 하나하나 곱씹으며 살펴봤다. 대부분 취업이나 미래에 대한 고민이었다. 물론 나도 같은 고민을 하지만 이 걱정에 매몰되지 않으려고 의식적으로 노력한다. 걱정이 마음을 잠식하면 생각과 행동의 폭이 좁아질 수밖에 없고, 이건 현재 상황에 조금도 도움이 되지 않기 때문이다.

이렇게 걱정을 안고 살아가는 사람들에게
꼭 하고 싶은 말이 있다.

당신의 인생에는

지금과 같은 걱정들이

아마 앞으로도 계속 생겨날 것이다.

그 어떤 걱정도 완전히 사라지지 않는다.

이 문장을 읽고, '그럼 앞으로도 이렇게 힘들게 살라는 말인가?' 하고 여길 수도 있다. 그런 뜻이 아니다. 우리는 SNS든 유튜브든 다양한 매체를 통해서 많은 타인의 모습을 본다.

대부분 행복해 보이는 모습이지만, 그렇다고 해서 그들에게 아무런 걱정거리가 없다고 할 수 있을까? 멋진 외모나 막대한 경제력, 전문적인 직업… 지금 내가 바라는 것을 얻게 된다면 정말 그 뒤엔 아무런 걱정이 없어질까?

어릴 적 읽었던 동화의 끝처럼 "그리고 오래오래 행복하게 살았습니다"로 우리의 삶도 영원히 해피엔딩일 수 있을까?

아마 당신의 생각도 같을 것이다. 답은 '아니다'이

다. 지금 당장의 걱정과 고민, 불안이 해소된다 해도 곧 다시 다른 걱정과 고민 들이 몰려올 것이다. 마치 하늘 위에 항상 존재하는 구름처럼, 걱정과 고민은 마음속에 머무르며 때로는 먹구름의 모습으로, 가끔 은 맑게 갠 모습으로, 그러다 잔잔한 모습으로 다양 하게 변하면서 그렇게 우리가 인생을 사는 내내 공존 할 것이다.

결코 당신의 고민이 별것 아니라는 뜻이 아니다.
분명 잠 못 이룰 만큼 괴롭고,
쉽사리 웃음도 나오지 않을 만큼
마음을 무겁게 하는 일이 있을 것이다.
어쩌면 애써 눈물을 참고 있을지도 모르겠다.

다만 그런 힘든 일들도 하늘의 구름처럼 지나가고 다시 맑게 갠 날이 찾아올 것이라는 사실을 기억해줬 으면 한다.

시간이 흐른다고 해서 결코 걱정거리가 사라지진 않는다. 다만 어느 순간 견딜 만한 정도가 되고 언젠가는 웃을 일도 온다는 것이다. 어떤 걱정이 완전히 사라질 것이라는 그 기대를 조금씩 버리고, 나의 판단에 따라 더 나은 날도 올 거라는 확신을 가졌으면 좋겠다.

어떤 걱정이나 감정도
모두 내가 컨트롤할 수 있다.

힘들다는 말은
간절히 나아가고 싶다는 마음에서
비롯된 거였다.

안 될 거란 생각은
꼭 해내고 싶은 마음에서
시작된 거였다.

그 누구보다
내 마음이,
내가 나를 잘 알고 있었다.

누구보다 나에게
나를 구할 수 있는
힘이 있다.

꿈에서도

부정적인 사람 곁에
있지 말 것

"내 주변 다섯 명의 평균이
바로 내 모습이다"라는 말이 있다.

나는 어떤 사람에게 둘러싸여 있는가.
나는 타인에게 어떤 사람인가.

잠시 생각의 시간을 가져보면 좋겠다.

한때 '행복 바이러스'라는 말이 유행했던 적이 있다. 행복한 감정을 주는 개체가 마치 바이러스처럼 마음에 침투하여 기분 좋은 감정을 전염시키듯 퍼뜨린다는 단어였다. 심리학에서는 이를 '감정 전염'이라고 일컫는다. 같은 환경에 속해 있고, 친밀한 관계일수록 그 사람의 말투나 행동, 생각 등은 나에게 큰 영향을 미친다. 돌이켜보면 주변인과 비슷한 말투로 말하게 되고, 행동하고, 생각하게 되었던 경험은 누구에게나 있을 것이다.

이때 주목해야 할 것은 부정적 감정이 긍정적 감정보다 훨씬 빠르게 전이된다는 것이다. 실제로 2012년

페이스북이 68만여 명을 대상으로 비밀리에 벌인 실험에서 이 결과가 고스란히 드러났다. 페이스북 데이터 사이언스 팀과 코넬대·캘리포니아대 연구진은 일주일 동안 사용자의 뉴스피드에 뜨는 포스트의 긍정적 내용과 부정적 내용의 빈도를 조절하는 방식으로 사용자들의 감정 상태를 파악하는 실험을 했다. 그러니까 인위적으로 다른 사람들이 올린, 긍정적이거나 부정적인 글과 사진이 노출되도록 한 것이다.

그러자 긍정적 포스트를 더 많이 접한 사람들은 긍정적인 내용의 글과 사진을 올렸고, 부정적 포스트를 접한 사람들은 부정적인 글들을 올리기 시작했다. 문제는 부정적 포스트의 감정 전염 속도가 매우 빨랐다는 점이다. '근묵자흑'이라는 말처럼 검은 것, 즉 부정적 사람과 가까이하면 자신도 모르게 부정적이게 될 가능성을 무시해서는 안 될 것이다.

컵에 담긴 검은 물을 맑게 하려면
맑은 물을 엄청나게 쏟아 부어
희석해야 하지만,

맑은 물은
잉크 몇 방울만 뿌려져도
금세 검게 변하고 만다.

사람이 타인에게 미치는
긍정적, 부정적 영향도 이런 게 아닐까.

절망은 절망을 낳고, 희망은 희망을 낳는다고 믿는
다. 그렇지 않아도 불안과 스트레스가 많은 사회에서
굳이 부정적 마인드로 자신과 타인에게 더 많은 근심
걱정을 안기고 낙담하며 살 필요는 전혀 없다고 생각
한다. 그 누구로 인해서도 내 마음의 짐을 가중시키
지 않았으면 좋겠고, 그 누구에게도 부정적인 감정을
전하지 않았으면 한다.

의자 위에 앉은 사람을 내려앉게 하는 게 의자 아
래 앉은 사람을 끌어올리는 것보다는 쉽다고 했다.
한 번 부정적인 쪽으로 생각하고 살게 되면 쉽사리
삶의 방향을 바꿀 수 없을 것이다. 우리 모두가 의식

적으로라도 나 자신과 타인에게 조금이라도 좋은 영
향을 줄 수 있도록 생각하고 행동하면 좋지 않을까.

부정과 긍정의 한 끗 차이를 의식하는 것.
모든 좋은 변화는 여기에서 시작된다.

문제는
자존감이 아니었다

그것이 사실이든, 아니든
설령 내가 정말로 자존감이 낮다 해도

결코 다른 이 앞에서
자존감이 낮다고 말하지 마라.

나조차 나를 존중하지 않는다면
그 누구에게도, 그 어느 곳에서도
환영받을 수 없다.

최근 여러 사람과 이야기를 나누면서 많은 사람이 본인의 문제 상황을 '낮은 자존감 탓'으로 돌리고 있다는 느낌을 받았다.

문제의 근본적인 원인을 따져보면 자존감의 문제가 전혀 아니고, 내가 처한 상황의 문제 혹은 내 인간관계의 문제인데 단순히 '내가 자존감이 낮아서'로 단정 지어버리는 것이다. 자존감 문제와 분리해서 다르게 해결할 수 있는 문제에도 '자존감'이라는 딱지를 붙이고 회피한다는 생각이 들었다. 그래서 이 이야기를 꼭 해주고 싶었다.

자존감(Self-esteem)은 말 그대로
'자신을 존중하고 사랑하는 마음'이다.
내가 나를 존중하고 사랑하지 않으면,
내 자존감은 아무도 해결해줄 수 없다는
뜻이기도 하다.

'나는 자존감이 너무 낮은 사람인 것 같아' 하고 자인한다면, 누구보다 스스로 나서서 자신의 자존감을 무너뜨리고 있는 셈이다.

왜 본인이 지금 힘든지, 이 감정에 빠지게 된 결정적인 원인을 짚어봤으면 한다. 최근에 크게 상처받았거나 힘든 기억이 있었는지, 그것 때문에 앞으로 어떻게 해나가야 할지 모를 정도로 지쳐버린 것은 아닌지, 이런 상황이 길게 지속되다 보니 이대로 힘든 순간에 멈춰버린 것은 아닌지를 말이다.

어쩌면 이미 상황이 나아지고 있는데도 자신의 감정에 빠져서 문제 해결의 실마리를 알아채지 못 하고 있는 것일지도 모른다. 긴 터널의 끝에 서 있으면서도 '낮은 자존감이라는 핑계'의 덫에 걸려 있는 것은 아닌가?

작은 일에도 '나는 자존감이 낮아서' '내가 자존감이 없는 사람이기 때문에'라고 생각하고 그렇게 말하고 다닌다는 건 결코 본인에게 좋은 행동이 아니다. 실제로 내가 자존감이 낮은 사람이라고 해도 누구 앞에서 자랑스레 말할 일은 아닌 것이다.

자신을 비하하는 말은 자기 자신은 물론 상대방에게도 나에 대해 함부로 대할 여지를 주는 일이다. 자존감이 정말 낮다고 해서 '나는 자존감이 낮아. 어쩌면 좋지. 이런 나를 아무도 사랑해주지 않겠지. 나는 상처받을 거야'라고 생각하고 스스로 합리화해버리면 절대 자기 감정의 늪에서 빠져나올 수 없다.

사람은 본인이 생각하는 것에 따라서 달라진다.
자꾸 숨지 말고, 회피하지 말고
자신의 감정에 속지 않는 연습을 해야 한다.
그 대신 어떻게 눈앞의 문제를 해결해나갈지에
집중해야 한다.

언제까지 자존감 낮다고 스스로 비하하고 자책하고 숨어 지낼 것인가. 자기 자신을 그곳에서 나올 수 있게 할 수 있는 존재는 자신뿐이다. 누구도 나를 저절로 구제해주지 않는다. 무엇보다 '나에게' 나를 구할 수 있는 힘이 충분히 있음을 잊지 않았으면 한다.

해야 할 일이 있다면
하고 싶은 일이 있다면

조금씩, 천천히 해도 괜찮으니까
지금 시작했으면 좋겠다.

어쩌면 1년 후,
오늘 시작했더라면 좋았을 걸
하고 바랄 수 있다.

part 2.

내가 변하면 모든 것이 변하기 시작하기에:

'가능'은
내가 시도할 때
현실이 된다

나의 생각에 따라

삶의 방향이 달라진다

"욕심껏 일을 저질러놓고 난 후
번아웃 오면 어떡해요?"

사람은 그렇게 나약하게 만들어진 존재가 아니다.
'안 되면 어떡하지'라는 그 상황이 안 오게 하려고
발악을 하게 된다. 하루하루 미친 듯이.

최소한,
지금 나는 그렇게 살고 있다.

평소에 라이브 방송을 하며 고민 상담을 하고 있는데, 여러 사람이 각자의 미래에 대한 불안, 인간관계 고민, 연애 문제 등 다양한 고민을 털어놓는다. 그중에서도 최근 가장 많은 사람이 공통적으로 고민하는 부분이 바로 다른 사람과의 비교에서 오는 박탈감의 문제였다.

"어떤 친구들은 좋은 회사에 취업도 하고, 승진하며 경력도 쌓고, 재테크도 하면서 열심히 살고 있는데, 저는 아직 준비된 게 아무것도 없는 거 같아요. 나름 열심히 살고 있다고 생각했는데 그래도 뭔가 허한 느낌이 들고요. 지금 나이쯤 되면 어른스러워져 있겠지, 삶의 기반이 어느 정도 잡혀 있겠지 생각했는데 저만 옛날과 똑같이 제자리에 있는 거 같아요. 다들 그렇게 느끼면서 사는 건지 궁금하네요."

거짓말이 아니고, 다들 그렇게 느끼면서 사는 것 같다. 금수저를 물고 태어나지 않은 이상, 대부분의 사람들은 비슷한 마음으로 하루하루 살아가고 있다. 타인과 비교해서 그를 부러워하고 내 부족함을 자책하면서 살아간다. 때로는 자포자기하는 심정으로 현실을 외면해버리는 사람도 있다.

좋은 회사에 취업하고, 승진하고, 재테크로 큰 수익을 올리고…. 이런 일들이 반드시 행복과 직결된다고는 할 수 없을 것이다. 취업한 뒤에도 적성에 맞지 않아 고통받고, 승진 뒤에 따르는 막중한 부담감에 괴로워한다. 재테크는 지금이라도 조금씩 공부해서 시작하면 될 일이다. 만약 단기간에 큰 수익을 올린 사람이 부럽다면, 큰 수익을 올릴 수 있는 투자에는 당연히 큰 리스크도 내재되어 있음을 잊지 말아야 한다. 나에게는 그만큼의 리스크를 감당할 각오가 있는가?

다른 이들의 삶이 부럽고 대단해 보이는 이유는 단 하나다. 결코 내가 부족해서가 아니라, 단지 아직 시도하고 성취해보지 못한 일이기 때문이다. 오르지 못한 산이 더 높아 보이듯, 내가 겪은 일이 아니기 때문에 더욱 대단한 것처럼 보일 뿐인 것이다.

바로 이 지점, 여기서
나의 생각에 따라 삶의 방향이 달라진다.
부러워하고 자포자기할 것인가,
두려움을 이겨내고 도전해볼 것인가.

멈추지 않고 용기를 내서 앞으로 나아가본 사람은 아마 지금 이 말이 무슨 의미인지 이해할 것이다. 시도는 언제나 더 나은 방향으로 나를 데려다줬다. 성공했든, 실패했든 자신의 두려움을 이겨내고 도전해본 경험은 분명히 앞으로의 삶에 있어 귀중한 자산이 될 것이다.

지금으로부터 4년 전쯤의 일이다. 태어나서 처음으로 차를 사고, 전셋집 계약을 할 때 나 또한 똑같은 두려움을 느꼈다.

　'내가 이 차를 계약하고 나면 올해 내야 할 할부금이 이렇게 많은데 어떻게 해야 할까. 도대체 다른 사람들은 차를 어떻게 유지하는 걸까. 대출이자를 감당하기 위해선 생활비를 대폭 줄여야 하는데 내가 견뎌낼 수 있을까.'

　이런 생각이 들었는데, 그럼에도 그 당시에 집과 차는 내가 더 독립적이고 안정적으로 생활하기 위해 꼭 필요한 요소였기에 두 눈 꾹 감고 저질렀다. 어느 정도의 빚은 살아가는 데 있어서 자극제가 되어준다는 말을 내가 직접 겪기 전에는 실감하지 못했다. 사람마다 기준이 다르니까 이 빚도 크다면 큰 금액이고 작다면 작은 금액이겠지만, 분명한 사실은 내가 더 열심히 노력하고 일하게 하는 원동력이 되어 주었다는 것이다.

　누워도 갚아야 할 빚이 생각났고, 눈을 감아도 눈앞에 고지서들이 날아다녔다. 자려다가도 벌떡 일어나 한 번 더 콘텐츠를 다듬고, 더 좋은 콘셉트를 짜 내기 위해 고민하는 하루하루가 쌓여갔다. 그런 날들 이 결국 오늘의 나를 더 좋은 곳으로 이끌었다고 생 각한다.

남들을 보면서 '어떻게 저렇게 사는 걸까' 싶은 것 들이 나름 그들에게는 당연한 일이니까, 너무 그렇게 대단하게 보지 말았으면 한다. 스스로 '이 정도는 괜 찮다, 좀 무리가 되기는 하지만 해낼 수 있을 것 같 다'라는 생각이 들면 그때는 한번쯤 용기를 내서 도 전해보기를 권한다.

"욕심껏 일을 저질러놓고 난 후에 번아웃이 오면 어떡해요?"

이런 질문을 하는 사람도 있다. 사람은 그렇게 나 약하게 만들어진 존재가 아니다. '안 되면 어떡하지' 라는 그 상황이 안 오게 하려고 발악을 하게 된다. 하루하루 미친 듯이.

적어도 지금 나는 그렇게 살고 있다.

그리고 이 힘으로 앞으로 나아가고 있다고 믿는다.

현실을 외면하라,
영원히 외면당할 것이니

정말 열심히 했는가?

타인이 노력 끝에 거둔 결과를
가만히 앉아서 부러워해도 될 만큼
정말 열심히 했는가?

혹시 열심히 하지 않아서
이미 세상에 뒤처진 것은 아닌가?

만약 누군가 "살면서 가장 다시 돌아가고 싶지 않은 시기는 언제인가?"라고 묻는다면 어떻게 답할 것인가? 어쩌면 '바로 지금'인 사람도 있을 것이고, 과거의 어느 한 시점을 떠올리는 경우도 있을 것이다.

나의 대답은 '취업 준비를 하던 시절'이다. 구인구직 사이트를 뒤지면서 취업 지원할 회사를 찾던 그 시기, 대학을 중퇴했기에 변변한 졸업장도 없어서 매일이 막막했다.

작은 중소기업에 들어가려고 해도 졸업장이 필요했고, 어학 성적도 자격증도 제대로 갖추지 않고는 할 수 있는 게 아무것도 없는 것 같았다. 단순 노동으로 나를 써줄 곳밖에 들어갈 수 없을 것 같았고, 이미 좋은 곳에 취업한 친구들이 부러웠다. 그렇게 매일 밤 불안감과 초조함에 시달리며 뜬눈으로 지새우곤 했다.

'나는 왜 이럴까' 하고 스스로 다그치는 시간을 보내다 이런 생각이 들었다.

'한 번도 제대로 해보지 않았으면서,
남만 부러워하다니 정말 비겁하네.'

나는 열심히 하지 않아서
세상에 뒤처진 것뿐이었다.
그 사실부터 인정해야 했다.

번듯한 회사에서 일하면서 매달 200만 원, 300만 원 버는 게 부럽다면 내가 그 사람보다 공부를 덜 했고, 노력이 부족했기에 뒤처진다는 사실부터 인정해야 한다. 그냥 자존심만 내세운다고 해서 달라지는 건 아무것도 없다.

나도 친구들이 다 괜찮은 중소기업, 대기업에 취직하고 편하게 일하는 것처럼 보여서 부럽기도 하고, 한편으론 내가 뒤처지는 것만 같고 그랬다. 그런데 현실적으로 보면 그 친구들은 나보다 더 많은 공부를 했고, 회사에서 원하는 자격증들을 준비했으며, 어학 점수를 위해 몇 번이고 시험을 치면서 나보다 무엇이라도 하나 더 준비했던 이들이다. 그럼에도 이런 상황에서 그들보다 더 잘되려고 한다면 그건 과한 욕심이라는 사실을 그때는 받아들이지 못했다.

그러다 나이가 점점 들고 현실과 부딪히게 되면서 상황을 온전히 받아들이고 변하려고 노력하기 시작했다. 안 받아들이면 답이 없는데 별 수가 없었다.

성공하고 싶고
당당해지고 싶으면

자존심 세우기보다는
현실 파악부터 해야 한다.

나는 이미 그들과는 다른 길을 걸어왔던 사람이다. 그래서 그들과 같은 대우를 받을 수 없다.

이 사실부터 직시했다. 내가 그 사람들과 비슷하거나 더 많은 월급을 받으려면 내 몸을 불사르는 수밖에 없다는 결론이 나왔다.

쉽게 말하면 그들보다 훨씬 더 많은 시간, 어쩌면 하루 종일 쉬는 날 없이 일해야 그들만큼 벌 수 있다는 현실을 받아들였다. 그렇게 생각하고 나서 가장 하고 싶던 일을 시작하니까 밤새워 방송을 해도, 편집하느라 낮밤이 바뀌어도 크게 힘들지 않았다.

남을 부러워하고 자존심 내세울 시간에 내 현실부터 받아들이면 어떨까. 그러면 그때부터는 남의 시선을 의식할 새도 없이 내 삶 그 자체에 몰두할 수 있게 될 것이다.

절망보다 더 힘든 게 무망이다.

그러니까 항상 긍정적으로,
'나는 꼭 잘된다. 잘될 거다' 하고 생각하면서
살아갔으면 한다.

단지 포텐이 터지는 시기가 다를 뿐이다.

언제까지

핑계 뒤에
숨을 수는 없으니까

내 안의 적이 없다면
세상 그 무엇도 나를 해칠 수 없다.

내가 나를 믿는 만큼
나의 가능성은 커질 것이다.

남들은 일도 연애도 잘 풀리고, 별 탈 없이 행복하게 사는 것 같은데 나만 일이 꼬이고 생각대로 안 되는 것 같은 순간이 있다.

이럴 때 '나도 여기서 멈춰 서 있을 순 없지. 정신 차리고 다시 해봐야겠어' 하고 긍정적인 방향으로 변화의 물꼬를 튼다면 다행이지만, 부정적인 쪽으로 생각이 흐르면 손가락 하나 움직일 수 없을 정도로 자신을 꽁꽁 묶어버리게 되기도 한다.

확신하건대
이렇게 스스로 한계선을 그어버린다면,

그 한계선 밖으로
한 걸음조차 걸어나오기 힘들 것이다.

어쩌면 이미 스스로에게 부정적인 사람은 이 의견조차 부정적으로 받아들일지도 모르겠다.

'안 될 거야. 그게 되겠어? 내가 해봤자 그렇지. 지금 먹고살 만하고 삶이 편안한 사람이나 긍정적으로 생각할 수 있겠지.'

이런 태도가 어디까지 자신의 삶을 망칠 수 있는지 알게 되면 아마 깜짝 놀랄 것이다. 자신의 능력을 믿고, 스스로 해낼 수 있다고 생각하는 사람이라고 삶이 모두 편안할까? 절대 그렇지 않다. 긍정적인 사람은 삶이 살 만해서 긍정적으로 변한 게 아니라, 긍정적으로 계속 살다 보니 마음이 편안하게 느껴진 것이다. 긍정적으로 사고방식이 바뀌면서 삶이 좋은 방향으로 흐르게 되었다는 얘기다.

그럼에도 부정적인 사람은 절대 그렇게 생각하지 않는다. 부정적인 사람이라고 언제까지나 그렇게 살고 싶진 않기에, 긍정적으로 바뀌려고 노력은 해봤을 것이다. 그렇게 한 달, 두 달, 세 달 동안 부단히 노력했지만 부정적으로 생각하는 습관은 쉽사리 떨어지지 않았을 것이다. 바로 '부정적으로 생각하게 만드는 자학의 힘' 때문이다. 이 힘은 어려운 일이 생기면 더 쉽게 절망하게 만들고, 문제가 찾아오면 실제보다 더 큰 문제처럼 여기게 만든다.

만일 자신이 부정적으로 생각하는 관성에 젖어 있다면, 이렇게까지 해야 하나 싶을 정도로 긍정적으로 살아보려고 애써야 한다. 단지 한두 달, 세 달, 1년을 지속하라는 얘기가 아니라, 사는 내내 조금이라도 마음이 부정적인 쪽으로 기울려고 하면 어떻게든 긍정적인 생각을 붙잡고 되뇌면서 살아야 삶이 조금이라도 나아진다.

개인적으로 알프레드 아들러의 이 말을 정말 좋아한다.

"삶이 힘든 것이 아니라, 나 자신이 힘든 것이다. 방황에서 나를 구하는 것도, 어려움에 빠트리는 것도 바로 나이다. 나를 방해할 수 있는 사람은 아무도 없다. 뭔가 일이 안 풀린다고 여겨질 때에는 자신이 했던 말과 행동들을 돌이켜보라. 그 뒤에 깨달을 것이다. 늘 나를 가로막은 것은 바로 나였다는 사실을."

나 또한 여전히 긍정적으로 살려고 애쓰고 있다. 아무렇지 않을 때도 있지만, 때로는 수많은 낯선 이들 앞에 나 자신을 노출해야 한다는 점이 공포로 다가올 때도 있다. 하지만 더는 부정적으로 생각이 흐르지 않도록 브레이크를 건다.

'이런 어려운 일은 내가 해내지 못할 거야' '사람들이 나에 대해 안 좋게 생각하면 어쩌지' 등등의 생각이 꼬리를 물 때 '그런 문제들이 현실이 되었을 때 고민하자' 하고 끊고는 눈앞의 실제 문제에 집중한다. 대부분 염려했던 일은 생기지 않는다.

"평소 '사람은 생각하는 대로 살게 된다'라는
신조를 갖고 있어요. 그렇기 때문에
무언가를 시작하기 전부터
'난 이런 게 안 어울릴 것 같은데'라는
생각의 한계 속에 나를 가두지 않아요."

잡지를 읽다가 만난 어느 아이돌의 인터뷰인데, 인상적이어서 메모장에 적어두었다. 스스로 속박하고 한계 짓는 생각은 이 순간에도 당신을 망치려 하고 있다. 제발 지금부터라도 체념하고, 포기하고, 안 되는 쪽으로 자신을 몰아넣는 일에서 벗어났으면 한다.

자신이 처한 현실을 자각하고 있으면서도,
지금 내가 하고 있는 것들에서
벗어나려 하지 않는 것.

염세적 자세로 팔짱만 낀 채
조금도 도전하려 들지 않는 것.

돌이켜보면
매번 나를 주저앉혔던 건
항상 나였다.

계획이 있는 사람은

두려울 것이 없다

미래에 중요한 걸 이루고자 한다면
지금 당장하라.

99인은 이 말을 듣고서 바로 잊을 것이고
1인만이 당장 행동할 것이다.

인생에 정답이 없듯이 어느 한 가지 길이 맞고 틀리다고는 할 수 없을 것 같다. 모두 다 다른 선택을 할 뿐이지 않을까. 누군가 나와 같은 선택을 하면 공감하고 박수를 보내면 되고, 나와 다른 선택을 한 사람이 내게 쓰디쓴 말을 한다 해도 도움 되는 말이라면 명심하면 된다. 이런 점에서 나는 의식적으로 달콤한 말은 뱉어내고 쓴 말은 삼키며 살아가려고 하고 있다.

청찬의 말들은 감사히 듣되, 따가운 조언은 진심으로 받아들여서 내 시야를 가리던 부정적인 견해를 걷어내고 원래 가려던 방향으로 최선을 다해 살아가

려고 한다. 이것 또한 나의 선택이고 내가 택한 삶의
방법이다. 부디 지금 하는 이야기들이 쓰디쓰게 와닿
더라도 조금이나마 당신의 일상에 도움이 된다면 마
음을 열고 들어줬으면 좋겠다.

요즘 들어 스펙과 경력이 나를 먹여주는 시대는 끝
났다는 생각이 든다.

"나의 과거가 내 미래를 정해주는 게 아니라
오늘 어디를 바라보고 사는가가
내 앞날을 결정해줄 것이다."

어느 독자가 남겨주신 이 메시지처럼, 장기적인 목
표를 세우고 달리는 사람과 그렇지 않은 사람의 미래
는 분명 완전히 다를 것이다. 매일이 바쁜 만큼 우리
는 미처 멀리까지 내다보며 삶을 살지 못한다. 당장
의 인간관계나 취업 문제만큼이나 20~30년 뒤의 삶
또한 중요하다는 걸 알고 있지만 하루하루 살아가기
에 급급한 것이다. '앞을 좀 보면서 살아야 할 텐데,
이렇게 코앞에 닥친 일만 쳐내면서 그때그때 되는 대

로 살아도 되나.'

이런 생각을 하는 사람이 나뿐만은 아닐 것이다.

장기적인 목표를 가지고 사는 게
지금보다 나은 삶을 만드는 데
매우 큰 역할을 한다.

스스로에게 질문을 던져보자.
'과연 나에게는 장기적인 목표가 있는가?'

1년, 3년, 5년짜리 목표가 아니라, 평생을 두고 이루어나가려는 장기적인 목표 말이다. 아마 대부분이 장기 목표를 갖고 있지 않을 것이다. 나 또한 그랬다. 작가의 꿈을 오랫동안 마음속에 품고 있었지만 '내가 과연 글을 쓸 수 있는 사람인가. 내 글을 누가 읽어줄까' 싶은 마음에 오랫동안 망설이기도 했다. 하지만 우선 시작이라도 해보고 싶었다. 단 한 글자, 한 문장이라도 매일 써내려간다면 나는 글을 쓸 수 있는 사람이 되고, 누군가는 내 글을 읽어줄 거라고 생각했다.

책 출간을 목표로 잡고 매일 한 가지 주제를 선정해, 짧게라도 꾸준히 글을 썼다. 도무지 짬이 안 나는 날에는 휴대폰 속 메모장 어플을 열고 머릿속에 떠오른 문장들을 적어 내려가기도 했다. 이렇게 쓴 글들을 모아 다듬고, 마음에 안 드는 글은 새로 쓰기도 하면서 정리하던 중에 운 좋게도 출판사에서 출간 제안을 받았다. 그 뒤로 출판사 담당자와 함께 논의하며 다시 오랜 시간 글을 다듬은 끝에 마침내 책이 출간되었다. 책이 나오던 날의 기분을 잊을 수 없다. 출간 기념 사인회장을 찾아주신 많은 분의 얼굴, 그때 나누었던 이야기를 떠올리면 아직까지 마음이 뭉클해진다.

내가 처음 '작가가 되고 싶다, 책을 낼 것이다'라고 했을 때의 주변 반응을 기억한다. 대부분 뜻밖이라는 표정이었고, 긍정적이지 않은 반응이었다. 하지만 이 한마디가 나를 움직였다.

"매일 글을 써라. 그러고나서 무슨 일이 일어나는지 한번 보자."

책을 읽다가 우연히 만난 작가 레이 브래드버리의 이 말을 본 그날, 바로 그 순간부터 작가의 꿈을 향한 나의 하루가 시작되었다.

5년 뒤, 10년 뒤, 20년 뒤의 목표를 세운다 해도
반드시 현실이 꼭 들어맞는다는 보장은 없다.
하지만 머릿속에 내 인생의 청사진을
그려놓으면 비슷한 방향으로는 걸어갈 수 있다.

이렇게 끊임없이 앞으로 나아가는 게 중요한 것 아닐까.

우리 모두 어떻게 나아갈 것인지 제대로 앞을, 미래를 보고 계획을 짜서 내딛는 한 걸음 한 걸음에 확신이 있는 매일을 살았으면 한다. 그러고나서 무슨 일이 일어나는지 한번 보자. 그때 당신이 뿌듯하게 미소 짓고 있다면 더 바랄 것이 없겠다.

여전히 불안해하거나,

통쾌하게 역전하거나

불안은 비교에서 온다.

남과의 비교가 아닌,
나 자신과의 비교에서 자신 있다면

어떤 미래의 날들에서도 이길 수 있다.

하루는 이런 고민이 담긴 메시지가 왔다.

"외모랑 성격, 대학, 가정환경 모두 크게 부족하진 않은 것 같은데…. 그래도 자꾸 주변 사람이 부럽고, 지금 상태에 만족하며 사는 게 너무 힘들어요. 도대체 어떻게 해야 할까요?"

이 질문을 받고 우선 이렇게 되묻고 싶었다.

"정말 아무것도 부족한 게 없는 것이 맞는가요?" 라고.

어쩌면 하나도 부족한 건 없지만, 그 모든 것을 어중간하게 가졌기 때문에 지금이 불만족스럽게 느껴지는 건 아닐까? 부족한 게 없다는 말이 곧 풍족하게 가졌다, 삶의 모든 요소를 꽉꽉 채워 100퍼센트 다 가졌다는 뜻은 아닐 것이다.

아무리 많이 가졌다 해도 내가 만족하지 못하면, 결핍감에서 벗어나기 힘들다. 남들이 보기에 적게 가진 것 같아도, 본인이 생각하기에 따라 만족하는 사람도 분명 있다. 모든 것은 내 마음속의 기준이 무엇이냐에 달려 있다. 스스로 자신에 대해 정확하게 판단하고, 자신이 어느 정도 수준이어야 만족할 수 있는지 아는 사람만이 수시로 찾아오는 미래에 대한 불안감에서 벗어날 수 있다.

사람들이 보편적으로 고민하는 문제는 크게 몇 가지로 추려진다. 건강 문제, 금전적인 문제, 인간관계 문제…. 금전적인 문제만 해도, 지금 가진 돈이 애매하다고 느끼니까 더 벌고 싶고 더 모으고 싶고 더 많았으면 좋겠는 것인데, 만약 보통 사람들이 생각하는 '충분한 재산'에 도달하면 그때는 만족하게 될까.

'3년 전에는 좀 부족한 감이 있었지만 이제 이만큼

이나 모았으니까 마음이 편안해졌어. 더 이상 불안하지는 않네' 하고 느낄 것 같은가? 절대 그렇지 않을 것이다.

위 고민도 비슷한 경우라고 생각한다.

외모, 성격, 대학, 가정환경 하나도 부족한 게 없다고 느끼는데, 만족하면서 사는 게 너무 힘든 이유는 자신을 너무 모르기 때문이다. 자신만이 알 수 있는 만족의 기준을 모른 채 남들과 비교만 하고 있기 때문이다.

모든 조건은 결국엔 상대적일 수밖에 없다. 외모만 해도, 스스로 부족하지 않다고 여긴다 하더라도 지나가다 보면 나보다 예쁘고 잘생긴 사람은 항상 있다. 대학도 마찬가지다. 내가 아무리 괜찮은 학교에 다녀도 나보다 더 공부 잘하고 더 좋은 대학에 다니는 사람은 분명히 있다. 가정환경 또한 부족한 거 없이 살았지만 나보다 훨씬 더 잘사는 금수저들은 너무나 많다. 모든 것은 상대적이다.

내가 무엇을 얼마나 가졌느냐의 문제보다
가진 게 상대적으로 좀 부족하다 해도
자신의 기준에서 만족할 수 있어야
행복하지 않을까.

아무리 많이 가졌어도
본인이 만족하는 방법을 터득하지 못하면
결핍감을 떨쳐내지 못하고 살아가게 될 것이다.

내 현 상황이 어떤지 직시하고 내가 어디서 희열을 느끼고 행복해하는지, 즉 만족할 '거리와 기준'을 찾아내고 그걸 이뤄나가는 게 진정 행복으로 이어지는 방법일 것이다. 그 만족할 것에는 분야의 좋고 나쁨도, 기준의 높낮이도 필요 없다. 그저 본인이 행복을 느끼는 일이라면 그 무엇도 상관없지 않을까.

긴 터널을 벗어나는 방법은 오로지 계속 걷는 것뿐이다.
아무것도 아니라고 여겨졌던 사람일수록
아무도 생각할 수 없는 일을 해낼 수 있다.

이제 당신이 움직일 차례다.

세상이 얼마나 불공평한지 투덜대면
투덜대는 사람들을 더 많이 만날 것이다.

삶이 가치 없다고 믿는다면
항상 가치 없는 증거를 발견할 것이다.

너의 생각이 곧 너의 세계가 된다.

_인디언 주니 족의 말, '습관' 중에서

어제 들은

친구의 연봉이
계속 생각날 때

"아무것도 변하지 않을지라도
내가 변하면 모든 것이 변한다."

_오노레 드 발자크

갓 취업한 사회 초년생 시절에는 잘된 친구들의 연
봉이 얼마인지를 들을 때면, 부러움과 함께 열등감을
느꼈다. 친구들 중에 누구는 의사가 됐다더라, 누구
는 대기업 취직해서 연봉이 5천만 원이 넘고 이제 곧
6천이라더라 하는 소식에 내 자신이 한없이 초라해
지는 기분이었다.

'저 친구들은 지금 의사 되고, 대기업 취직했으니
까 더 이상 먹고살 걱정은 없겠네. 나는 지금까지 뭘
한 걸까.'
이런 신세한탄을 하던 당시, 내가 가진 거라곤 3천

만 원에 못 미치던 연봉과 통장에 남은 소소한 금액만이 전부였다. 그때 주변에서 잘된 케이스라고 해봤자, 지금의 시각에서 보면 비등비등한 정도였는데도 약간의 사회경험만 있던 나로서는 연봉 1500만 원 더 받는 친구가 무척 부러웠다.

'저 사람들은 쓸 거 다 쓰고도 여유 있게 저축하며 살겠지' 하는 생각이 들었고, 그에 반해 지금 월급에서 생활비 이것저것 떼고 나면 저축액이 기껏 해봐야 한 줌밖에 되지 않는 현실이 아쉬웠다. 그러다 내 연봉이 얼마이면 만족스러울까 희망회로를 돌려봤다. 결과는 뜻밖이었다.

'연봉 1~2천만 원 더 받아서는 안 되겠다.
인생에 그다지 큰 변화가 없겠는데?'

물론 연봉이 2천만 원 정도 더 높으면, 한층 여유 있게 소비할 수 있을 것이다. 하지만 1년에 2천만 원 정도의 돈은 내가 먹고 싶은 것 참지 않고 바로 먹을 수 있고, 입고 싶은 옷을 쉽게 살 수 있고, 놀러가고 싶은 곳을 덜 참고 갈 수 있을 정도의 금액일 뿐, 그 이상도 그 이하도 아니었다.

나보다 1천만 원 더 받는 사람이라고 해서 일 년에 1천만 원을 더 모으는 것도 아니었다. 삶의 질이 어느 정도 달라지느냐의 차이일 뿐이지, 절대로 그 금액이 인생을 결정짓지는 않는다는 걸 깨달았다.

물론 이 금액도 시간이 많이 흐른 뒤에는 누적되어 큰 차이를 만들어낼 수도 있다. 하지만 중요한 사실은 그 1천만 원 더 번다고 해서 그 돈이 10년 뒤에 고스란히 1억이 되는 건 아니라는 사실이었다.

그러니까 내가 지금 당장 할 수 없는 것을
저들이 훨씬 더 많이 할 수 있는 것뿐이지,
내가 못하는 건 결코 아니다.

이렇게 생각을 전환했으면 좋겠다. 많은 사람이 종종 조금 위험한 생각을 한다.

'내가 저 사람보다 돈을 못 벌어서 지금 이걸 못 하는 거야.'

이건 아니라는 거다. 인생에서 어느 한 시기의 연봉 1~2천만 원은 큰 차이가 아니다. 주변에서 나보다 연봉이 조금 높은 친구들을 보면서 박탈감을 느낄 게 아니라, 차라리 목표를 잡을 거면 1~2억씩 더 버는 그런 사람과 비교를 했으면 좋겠다. 제발 딱 내 좁은 반경 안에서 고만고만한 사람들과 비교하면서 '나는 저렇게 못 사는데' 하고 힘들어하지 않았으면 좋겠다. 그건 내 자존감을 스스로 깎아가면서 고민할 만한 일이 아니다.

지금은 내가 그때 왜 그 정도의 연봉 차이 때문에 그런 박탈감과 열등감을 느꼈나 싶고, 스스로 자존심 상해하면서 보냈던 시간들을 생각하면 시간을 돌려서 나 자신에게 '그런 생각 좀 하지 말라'고 호통을 치고 싶다.

중요한 건 지금이다.
한 살이라도 젊을 때 능력을 키워서
앞으로 다가올 3~4년 내에는
내 가치를 더욱 높이는 게 우선이다.

지금의 연봉 그 이상으로 3년 뒤, 5년 뒤, 10년 뒤의 연봉이 중요하다. 그때의 나는 내 연봉에 만족할 수 있을까. 나의 능력은 어디쯤에 다다라 있을까.

바닥을 친 순간,

모든 것이 바뀌었다

희망.
이제는 너무나 흔해빠진 단어 같지만,
그래서 전혀 특별하지 않게 느껴지지만

희망조차 없는 삶을 살았던 사람은 알 것이다.
희망이 있는 삶과 없는 삶의 차이를.

현실적으로 봤을 때 지금 내가 처한 상황이 만족스럽지 않을 때가 있다. 이 좁은 집에서 벗어나고 싶고, 돈도 좀 더 있었으면 좋겠고, 원하는 직장에서 일하고도 싶다. 이런 경우 대부분은 그저 '생각'만 한다. 나의 상황은 절망스럽기만 하고, 타인의 삶은 부러워서 '안 되는 쪽'으로만 계속 생각하는 것이다. 사실 이런 순간에는 계획을 세워서 실천한다거나 하는 건설적인 행동을 하기 쉽지 않다. 오히려 핸드폰 속으로 현실 도피하거나, 다른 오락거리에 빠져들며 자신의 상황을 외면하기 일쑤다.

그렇게 아무것도 하지 않은 채 많은 것이 바뀌기만

을 바라다, 당연히 아무것도 바뀌지 않는 현실에 자포자기하고 부정적인 생각에 빠져드는 패턴이 반복된다. 이 이야기에 익숙한 느낌이 들었다면 맞다, 바로 당신의 이야기다.

안 될 것 같다는 생각이 꼬리에 꼬리를 물면 마치 블랙홀에 빠진 것처럼 쉽게 빠져나올 수 없게 된다. 그뿐 아니라, 어렵사리 빠져나온 뒤에도 아무것도 바뀌지 않은 현실에 절망하게 된다. 나 또한 이렇게 보냈던 시기가 있었다.

어릴 적에는 그래도 가정형편이 나쁘지 않은 편에 속했다. 그러다가 중학교에 입학한 뒤로 가세가 급격하게 기울었고, 서른이 넘어서야 경제적 어려움을 겨우 털어낼 수 있었다. 이때의 경제적 타격을 완전히 회복한 시점이 불과 얼마 전일 정도로 최근까지도 힘든 일들이 끊이지 않았다.

이런 상황 속에서 20대가 된 뒤에도 부정적인 생각을 많이 했고, 한동안은 스스로 만든 마음의 감옥 속에 틀어박혀 종일 집 안에 있기도 했다. 그렇게 작은 방 안에서 벽을 보다가 이런 생각을 했다.

'이 좁은 집이 너무 싫다. 어떻게든 하루 빨리 벗어나고 싶다.'

그 당시 우리 집은 17평 정도의 크기였다. 어머니와 같이 거주했는데, 좁은 방 두 개에 작은 싱크대가 달린, 지어진 지 20년도 넘은 정사각형 모양의 집이었다. 남들은 번듯한 아파트에 살고, 큰 어려움 없이 지내는 것 같은데 나만 힘들다는 생각에 스트레스를 많이 받곤 했다. 그러다 이십 대 후반이 된 어느 겨울날, 외출 뒤에 온기가 가득한 집으로 들어서며 생각이 바뀌었다.

'밖에서 추위에 떨다가 들어왔을 때 그나마 이렇게 발 디딜 수 있고 몸 뉘일 수 있는 공간이라도 있는 게 어디야. 마음 편히 밥 먹을 수 있고 숨 쉴 수 있는 이 집이라도 있는 게 얼마나 다행인지 몰라.'

언제까지고 이 집이 마음에 안 든다고 불평불만만 해서는 발전할 수 없다는 걸 뼈저리게 느꼈다. 아무리 집이 마음에 안 들고 벗어나고 싶어도, 아무것도 하지 않고 부정적인 생각만 하면 평생 이렇게 살 수도 있다는 생각에 소름이 돋았다.

가능할지 아닐지는 몰라도 '이 집에서 반드시 벗어나야지' 하고 마음을 먹는 순간, 바로 그 순간부터 인생에 변화가 찾아온다.

'어떻게 하면 빨리 벗어날 수 있을까. 빨리 벗어나기 위해선 무슨 일을 해야 할까. 번 돈의 얼마만큼은 저축을 해야겠다.'

이처럼 꿈을 품는 순간,
자연스럽게 계획을 세우게 된다.
그리고 이 계획을 조금씩 실천해나가는 동안
희망이 찾아온다.

희망. 이제는 너무나 흔해빠진 단어 같지만, 그래서 전혀 특별하지 않게 느껴지지만 희망조차 없는 삶을 살았던 사람은 알 것이다. 희망이 있는 삶과 없는 삶의 차이를. 부정적 생각의 블랙홀 속에서 희망은 마치 한 줄기 햇빛처럼 탈출로를 안내해준다. 그래서 나는 희망만 보고 계속 달려 나왔다.

희망을 가지고 어떻게든 해내기 위해서 노력하는 모습을 스스로 확인하는 과정에서 삶은 조금씩 바뀌어 나갔다.

무엇이든 할 수 있는 '나이'다.
무엇이든 할 수 있는 '나'이다.

생각을 바꾸면 생활이 바뀌고,
생활이 바뀌면 삶이 바뀐다.

이런 캐치프레이즈가 떠오른다. 만약 행동하기 어렵다면 가만히 생각만이라도 하면서 꾸준히 마인드 콘트롤해보자. 처음엔 잘되지 않을 것이다. 그래도 꾸준히 '나는 무엇이든 할 수 있다'고 되뇌다 보면 어느 순간 본인의 얼굴빛이 바뀐 걸 느낄 것이다. 거울을 딱 봤을 때 얼굴이 좋아지고, 표정이 밝아진 모습을 발견할 수 있을 것이다. 그러면서 조금 조금씩 정말 천천히 앞으로 나아가는 것이다.

단기간에 많은 것을 어떻게 하려고 하면 희망도 안

보이고 이 말도 그냥 희망고문이라고 생각될 수도 있
겠지만, 멀리 보고 길게 가보려고 했으면 좋겠다. 천
천히 가느냐 빠르게 가느냐가 중요한 게 아니라, 나
의 속도에 따라 걷는 게 중요할 테니까.

'일'이라는

지겨움에
대처하는 자세

권태가 몰려오는 시기가 되면
해결할 수 있는 선택지는
오직 하나다.

'그냥' 계속해야 한다.

"좋아하는 일과 잘하는 일 중 어떤 일을 해야 맞는 걸까요?"

취업이나 이직을 앞둔 사람들에게서 이런 질문을 자주 받는데, 질문 자체가 성립되는 걸까 싶다. 좋아하지 않는 일을 과연 잘할 수 있을까? 가능은 하지만 가능성이 희박하지 않을까?

반면에 좋아하는 일은 사실 못하기가 쉽지 않다. 차라리 좋아하는 일과 돈 많이 버는 일 중 택해야 하는 문제라면 어느 정도 납득할 수 있을 것 같다. 좋아하는 일과 잘하는 일, 이 두 가지는 비교하기에 적절한 대상은 아닌 듯싶다.

여기서는 이 지점에 주목해봤으면 한다.

어떤 일을
내가 계속하고 있는데
못하는 게 더 이상한 것 아닌가?

어떤 일이든 꼭 해내겠다고 굳게 마음먹고 시작하고 배우면, 못해낼 일은 없다고 생각한다. 아니 없다고 믿고 해야 1퍼센트의 가능성이라도 높아진다고 믿는다. 그렇지 않고 어떤 일을 계속하는데도 잘 못한다면 일머리가 없거나 성실하지 않을 뿐이다. 합당한 자격이 있어야 할 수 있는 전문직이 아닌 이상, 대부분의 회사 일은 2년, 3년 계속하면 잘하게 되어 있고, 잘해야 한다. 일반적인 일이고 꾸준히 하고 있는데도 못한다면 그게 더 이상한 것 아닌가.

어쩌면 많은 경우, 그럭저럭 일은 잘하는데 하다 보면 질리게 되어서 그 지점의 권태 때문에 지쳐가는 사람들이 많을지도 모르겠다. 일은 잘해내고 있지만, 지겹고 따분해서 마음이 힘들어지는 것. 그런 경험은 나에게도 있다. 그럼에도 인정해야 할 사실은, 무슨 일을 하든지 권태는 오게 되어 있다는 것이다.

    회사를 오래 다녀봤거나, 여러 아르바이트를 해본 사람이라면 납득할 것이다. 좋아하는 일이든, 아무리 돈을 많이 주는 일이든, 내가 잘하는 일이든 계속하다 보면 어느 순간 권태를 느끼게 되고, 그럼에도 참고 계속하다 보면 다시 극복이 된다. 참을 수 없이 괴로운 순간의 고비를 넘기고 나면 그냥 할 수 있게 된다.

    모든 일이 다 그런 것 같다. 누구든 일을 하고 싶어서 하는 사람은 없지 않을까. 모두 노는 걸 좋아하고, 쉬기를 원한다. 누가 굳이 힘들게 일하고 싶어서 하겠는가. 내 시간 들이고 몸 축내면서 일하기를 누가 자처할까? 그럼에도 일이란 '그냥' 해야 하는 것이다. 그게 인간으로 태어나 내 입에 들어갈 음식, 내가 입을 옷, 내가 쉴 집을 마련하기 위해 어쩔 수 없이 받아들여야만 하는 숙명인 듯싶다.

권태의 시기에 해결할 수 있는 선택지는 오직 하나다. '그냥' 계속하는 것. 그만두고 더 좋은 직장에 이직한다면 다행이지만, 새로운 직장에서도 권태는 찾아올 것이다. 언제까지 계속 도망칠 수는 없다. 인생에서 단 한 번은 스스로 만들어낸 권태라는 감정에 맞서서 이겨낼 생각을 해야 한다. (물론 답 없는 이상한 집단에선 하루 빨리 발 빼는 것이 상책일 때도 있다.)

힘들 때는 힘든 점만 더욱 부각되어 보인다.
나만 보지 말고, 남들도 다 똑같이
권태와 어려움을 이겨내면서 일하고 있음을
잊지 말고 한번 '그냥' 해봤으면 좋겠다.

지금은 쉬고 싶겠지만 그 일을 쉬었을 때 닥쳐올 스트레스를 생각해보라. 겪어본 사람은 알 것이다. 어찌됐든 그만두는 것보다는 일을 하면서 견뎌보는 편이 개인적으로 좀 더 나은 길 같다. 대책 없이 회사를 그만둔 뒤에 찾아올 경제적인 문제도 간과해서는 안 될 것이다.

예전에 누군가가 이런 말을 한 걸 들은 적이 있다.

"아마추어는 할까 말까 고민하고 프로는 그냥 한다"라고.

좋아하는 일과 잘하는 일 사이에서 고민하다 아무 일도 제대로 시작하지 못한 채 자기 변명만 하지 말고, 일단 도전하고 계속해보라. 인생은 그렇게 시작하고 시도한 하루하루가 쌓여 굴러가는 것 같다. 견디고 해보는 것. 그게 나를 위한 최고의 시도이자 방법이다.

지칠 때일수록
내가 서 있는 위치를 살펴보자.

지금 나는 바른 방향으로 가고 있는지,
내 삶의 최우선 순위는 무엇인지를.

삶의 방향을 제대로 알고 있는
사람은 어떤 악천후에도 흔들리지 않는다.

인생은 길다.

작은 것이라도
목표한 것을 이룰 수 있다면
인생은 성공한 것이나 다름없다.

그 성공의 경험을 밑거름 삼아
점점 더 잘해나갈 수 있기 때문이다.

한 사람과의 만남으로

직업이 바뀔 수 있다

당신에게 가장 중요한 순간,
곁에 있는 사람이 누구인가에 따라
많은 것이 달라진다.

그 사람 하나 때문에
인생이 걸린 문제에서
180도 다른 선택을 하게 될 수도 있다.

20대에서 30대의 시기는 인생에서 가장 찬란한 나이이자, 삶의 많은 것이 결정되는 때가 아닐까 싶다. 다양한 사람을 만나며 겪어봐야 할 때이고, 삶의 방향성을 잡고 미래를 계획해야 할 시기이다. 구체적으로는 취업을 준비하거나, 취업한 뒤에 또 다른 목표를 향하면서 앞으로의 날들을 위한 단단한 토대를 마련해야 할 때이기도 하다.

목표가 무엇인지에 따라 각자의 행동과 생활이 달라지겠지만 누군가에게는 스펙을 쌓는 게 중요할 수도 있고, 누군가에게는 취업 이후가 가장 중요할 수 있다. 또다른 누군가에게는 가정을 이루는 게 중요할 수 있다. 그 과정에서 내 사람이라 여겼던 사람이 멀어지기도 하고, 별달리 중요히 여기지 않았던 사람 덕분에 어려움을 타개할 힌트를 얻기도 한다.

제일 중요한 순간에
곁에 있는 사람이 누구인가에 따라
삶은 예기치 못한 방향으로 흘러간다.

어느 한 사람 때문에 인생 전반이 걸린 문제에서 잘못된 선택을 하는 경우를 정말 많이 봤다. 그 사람에게 투자하고 시간 뺏기느라 본인의 목표 기준에 도달하지 못해서 꿈을 포기해야 하는 사람도 흔히 보았다.

물론 연애도 중요하고, 좋아하는 사람과의 감정을 잘 쌓아가는 것도 필요한 일임은 부정할 수 없다. 하지만 인생을 결정 짓는 중요한 순간에 자기 감정에 빠져서 상대방만 바라보며 본인이 해야 할 일들을 놓친다면, 그렇게 흘러가버린 시간은 결코 돌이킬 수 없음을 유념해야 한다. 정신 바짝 차려야 한다. 이 순간에도 내 삶을 결정할 시간은 빠르게 흘러가고 있다.

만약 이런 시기를 지나 어디에든 취업을 했고, 매일 출근할 회사가 있다면 이렇게 자위할 수 있다.

'미성숙한 시절에 내 욕심이 만든 결과로 이렇게 사는 거겠지. 그래도 그럭저럭 살 만하니까 괜찮아.'

그러나 그렇게 흘려보내는 시간이 1~2년이 아니라 7년, 8년, 10년 가까이가 되어버리면 본인이 결혼을 하고 자리 잡아야 할 시기에 스스로 왜 이렇게 갖춰놓은 게 없을까 하고 한탄하게 될 것이다. 그래봤자 아무것도 돌이킬 수 없다. 물론 간혹 사랑과 삶의 목표라는 두 마리 토끼를 다 잡는 대단한 사람이 있기는 하다. 정말 열심히 치열하게 사는 사람. 세상엔 능력도 뛰어난데 열심히하기까지 하는 사람이 매우 많다.

하나의 목표도 제대로 이루기 어려운데 두 가지를 성취하려면 얼마나 큰 노력을 해야 할지 따져보라. 대부분의 사람은 그게 불가능하기 때문에 무엇 하나라도 중요한 문제가 해결된 다음에 진짜 연애가 가능해진다. 보통 꿈꾸는 일과 사랑을 동시에 쟁취하는 삶을 살려면 최소한 일 하나만큼은 제대로 손에 잡고 있어야 한다는 말이다.

이게 완벽하게 해결된 두 사람이 아니라면, 그냥 체념하고 살겠다고 생각하는 두 사람이 만나는 관계가 된다. 적어도 커리어 쪽은 완벽하지 않아도 괜찮다고 협의점이 찾아진 두 사람이 만남을 이어가게 되는 것이다. 이게 흔히들 이야기하는 '유유상종'이 아닐까.

나에게는 과연 사랑과 내 삶 모두 쟁취할 여력이 있는지, 우선순위는 무엇인지, 포기하려면 무엇을 놓아야 할 것인지를 생각해봤으면 좋겠다. 좋아하는 사람을 곁에 두고서도, 사업을 하거나 본인 적성에 맞는 회사에 다닐 수 있다면 그나마 다행이지만, 인생은 결코 생각대로 흘러가지 않는다.

지금 그 중요한 시기에
본인이 현실적으로 집중해야 할 문제가 무엇인지
냉정하게 판단해봤으면 좋겠다.

좋아하는 사람을 곁에 두려고 하는 욕심과 본인의 미래를 책임져줄 직업이 걸린 이 문제에서 어느 것이 더 중요한 것인지는 본인이 가장 잘 알고 있으리라.

part 3

행복하고 싶은데 행복하지 않을 때:

절대로 절대로
포기하지 말아야
할 것들

사는 동안

나도 모르게
포기하게 되는 것들

자기의 인생은
스스로 책임감을 가지고
끌고 나가야 한다.

상대방은 나와의 아름다운 추억을
함께 나누지만,
결코 내 인생까지 책임져주지는 않는다.

지금 내가 잃고 있는 것은 무엇인가?

연애를 왜 하는가? 왜 하고 싶은가? 그리고 이러한 만남과 관계 유지를 위해서 내가 포기하고 있는 것은 무엇인가.

　누구든 연애를 하고 싶은 가장 큰 이유는 솔직하게 '외로움' 때문일 것이다. 만약 혼자여도 외롭다는 느낌이 전혀 들지 않는다면 굳이 누군가를 만나고 싶다는 생각도 들지 않을 테니 말이다. 내가 혼자인 게 더 좋은데, 구태여 누군가를 만나서 지금처럼 행복하게 보내던 혼자만의 시간을 포기할 이유가 없지 않은가. 이처럼 혼자인 게 외롭고, 그게 싫어서 연애를 하려는 거라면 그건 본인의 사욕에서 비롯된 것이다.

단순히 개인적인 욕심 때문인 것이다.

배가 고파서 음식점에 가는 상황을 가정해보자. 식사 뒤에는 당연히 계산을 하고 나와야 한다. 마찬가지로 사랑에도 '대가 지불'이 필요하다. 외로움을 없애려는 사욕을 채우기 위해서도 마땅히 감당해야 될 희생이 뒤따른다는 말이다. 최소한 그러한 관계를 위해 무조건 무엇이든 하나는 포기해야 한다. 절대 둘 다 가질 수는 없다.

연애를 하고 싶거나, 지금 만나는 사람과 부딪히는 게 많다면 본인이 앞으로 포기할 혹은 현재 포기하고 있는 게 무엇인지 한번 생각해봤으면 좋겠다.

지금 나는 무엇을 포기하고 있는가?
돈? 직업? 시간?

그 사람과의 관계 유지를 위해서
포기하는 것이 많을수록 그가 곁에 있으면
내 삶은 비참해진다는 사실을
잊어서는 안 된다.

물론 사랑도 중요하다. 하지만 사랑만 보고 살기에는 인생은 길다. 혼자 있을 때 쓸쓸해서 외로움 해소 용으로 만나는 연애는 진짜 사랑이 아니다. 진짜 사랑하는 관계라면 상대가 본인 때문에 목표나 꿈을 저버리게 하지 않는다. 상대방과의 감정을 공유하되, 내 인생이 유지되는 관계. 그게 바로 서로에게 도움이 되는 관계가 아닐까.

본인의 인생은 스스로 책임감을 가지고 끌고 나가야 한다. 상대방은 나와의 아름다운 추억을 함께 나누지만, 결코 내 인생까지 책임져주지는 않는다. 연애 감정에 빠져서 시간만 보낸다면 나이 먹은 뒤에 뒤처졌다는 기분의 비참함은 반드시 찾아온다. 내가 지켜야 될, 지금 당장에는 포기하고 있거나 남들보다 갖지 못하고 있는 기회, 목표, 시간, 나 자신은 내 옆에 없을수록 비참해진다.

그 사람을 옆에 두고 비참해질 것인가. 아니면 이뤄놓은 게 하나도 없어서, 직업이 없어서, 시간 여유가 없어서, 나 자신이 없어서 비참해질 것인가. 그 사람이 내 옆에 없을 때의 비참함은 당분간의 문제다. 딱 끊어내고 한두 달, 길어야 6개월 남짓이다. 하지만 내 인생의 비참함은 평생 간다.

지금 내 인생은 제쳐두고 한 사람에게만 푹 빠져 있다면, 반드시 평생의 비참함을 감수할 수 있는지 깊이 생각해봤으면 한다.

이렇게 사는 걸

더 이상
참을 수 없을 때

자기 자신과 타협하지 마라.
회피할 수는 있어도
회피한 결과를 피할 수는 없다.

지금 회피하면 당장엔 좀 편하겠지만
반드시 그 결과는 다시 나에게 돌아온다.
지금은 이 악물고 맞서서 버티는 수밖에 없다.

요즘 뉴스를 보다 보면, 불황과 취업난을 다룬 소식이 반드시 등장한다. 이런 뉴스들을 보다가 예전의 일이 떠올랐다.

오랫동안 일이 안 풀리고 있었고, 슬럼프에 빠져 허우적거리면서 지금의 상황을 합리화할 만한 명분을 찾았던 때가 있었다. 현실적으로 보면 답은 명확했는데도, 자기 합리화 속에 도망치려 했던 건 아무것도 하고 싶지 않고, 무엇을 해야 할지도 몰랐기 때문이다.

하지만 대부분의 경우,

지금 내가 처한 힘든 상황은
외부적인 이유와는 전혀 상관이 없다.
받아들이기엔 아프지만 이게 진실이다.

외부의 영향을 전혀 받지 않을 수는 없다. 실제로 내가 처한 환경으로 인해서 성과나 결과를 내기 어려울 수도 있다. 하지만 이런 환경을 뚫고 헤쳐 나가야겠다고 마음먹어야지, 스스로 그걸 이유 삼아 합리화하고 안주하기 시작하면 그때부터 인생 꼬이는 건 한순간이다. 자기 합리화가 무서운 이유는 하면 할수록 그 거짓이 정말 합리적이라고 생각하게 되기 때문이 아닐까.

마음가짐이 변하지 않으면 어려운 상황은 결코 나아질 수 없다. 3년이고, 4년이고, 5년이고, 30년이 넘어서도 계속된다. 문제를 자각하지 못할 경우, 가장 두려운 점이 이것이다. '지금'에서 벗어날 수 없다는 것. 자신이 처한 상황을 남 탓으로 돌리고, 합리화하려는 생각에서 하루 빨리 벗어나지 않으면 평생 지금처럼 힘들 수도 있다.

기억하자. 어떤 무서운 전염병이든 경제 불황이든 지금 나를 힘들게 하는 이 상황은 내가 죽을 때까지 계속되는 게 아니라는 것을. 그때부터는 어떤 명분을 들이밀며 합리화할 것인가. 자신에게 물어봤으면 좋겠다.

'언제까지 사회 탓, 남의 탓하면서 아무것도 안 할 것인가?'

정신을 차려보면 현명한 사람들은 똑같이 어려운 환경 속에서도 자기 할 일 다 하고, 이미 저만치 훌쩍 앞서가고 있을 것이다. 그들과의 간격은 결코 좁히기 쉽지 않을 것이다. 그때 몰려올 이루 말할 수 없을 정도의 상실감에는 어떻게 대처할 것인가.

그러니까 어떤 상황에서도 자신이 해야 할 일은 하고, 도저히 여의치 않을 때는 남들도 다 힘들겠거니 생각을 하면서 버티는 게 맞지, 이것 때문에 안 되고 저것 때문에 안 되니까 하면서 차일피일 미루다 보면 나만 더욱 뒤처질 뿐이다.

해결책은 나에게 있다.

환경 탓하지 말고 계획하고 실천에 옮기는 것.

이게 단순하지만 제일 확실한 방법이다.

행여나, 힘든 사람들의 심정을 이해하지 못한다고 오해하지 않았으면 좋겠다. 그게 아니라, 스스로 합리화하는 행동이 내 인생에 독이 된다는 걸 뼈저리게 겪어봤기에 최소한 당신은 그러지 않았으면 하는 것이다.

세상을 바꾸겠다는 사람은 많지만
정작 자신이 변하겠다는 사람은 없다.

내가 변해야
세상이 변한다.

모든 관계는
'판단'에서 시작된다.

상대의 모습에 대한 판단만큼
나 자신에 대해서도
철저한 판단의 잣대를 대보아야 한다.

나는 과연 타인에게 좋은 사람인가.
평생을 함께하고픈 사람인가.

그 이유는 무엇인가.

기분이 태도가

되지 않는 사람

많은 경우, 사람은
화낼 만한 상황에 화를 내는 게 아니라
화낼 만한 '사람'에게 낸다.

우리는 때때로 분노나 화와 같은 감정이 마음속에 들끓는 것을 느낀다. 어떤 때는 참을 수 없을 정도로 폭발하듯이 분노가 일기도 하고, 또 다른 때는 피가 차갑게 식는 느낌이 들 정도로 가라앉지만 속 깊은 곳에서 분노가 쌓이는 느낌이 들 때도 있다. 이 분노나 화의 감정이 자주 밖으로 표출된다면, 자신은 물론 상대방에게까지 깊은 상처를 남길 수 있다.

하지만 성인군자가 아닌 이상 정도의 차이가 있을 뿐, 욱 하는 성향이 전혀 없는 사람이 있을까. 이러한 행동이 문제가 된다는 것을 알고는 있지만 쉽사리 자제되지 않아서 반복하고 있는 사람이 무척 많을 것이다. 화를 내고 나서 뒤늦게 후회를 해도, 그래서 막상 고쳐보려고 해도 사실 쉽지가 않은 게 바로 분노의 감정을 컨트롤하는 일이다.

얼마 전에 어떤 이와 대화를 하다가 분노라는 감정을 다시 한 번 생각하게 된 일이 있었다. 어떤 일로 욱 하는 모습을 보였는데, 상대가 이렇게 비유하며 설명해주었다.

"이렇게 둘이서 대화를 할 때든, 다른 누군가와 함께하는 자리에서든 지금과 같은 모습을 보이는 건 왜 그러는 건지 생각해본 적 있어?

본인이 주체를 하지 못해서일까?
원래 그런 사람이어서일까?

그것도 아니면,
나에게는 자제하지 않아도 된다고 생각해서
그러는 걸까?"

그러면서 "예의와 격식을 차려야 할 누군가와 함

께 있을 때도 그럴 수 있느냐, 그럴 수 있을 것 같느냐"라고 물었다. 정말 중요한 자리에서 화나고 기분이 안 좋다고 해서 필터링하지 않고 머릿속의 말 그대로 내뱉을 수 있는지, 회사 최고 임원 앞에서도 그럴 수 있겠는지를 묻는데 많은 생각이 들었다. 왜냐하면 이제껏 한 번도 중요한 자리에서 그랬던 적이 없고, 앞으로도 그럴 수 없을 것 같았기 때문이다. 그때 많은 걸 깨달았다.

나의 욱 하는 태도는
상대를 봐가면서 하는 행동이었다는 것을.
그리고 이 행동은 스스로 통제할 수 있는
문제였음을.

그래서 그때부터는 감정을 다스리기 위해서 많은 노력을 했다. 배우 마동석 옆에서는 누구라도 분노조절 장애가 자동적으로 치유된다는 우스갯소리도 이런 분노의 양면성을 지적한 것이 아닐까 싶다.

불쑥 화가 치밀어 오르려고 할 때면 한번쯤은 자신

에게 이렇게 물어봤으면 좋겠다.

정말 중요한 자리에서도 이 화를 뱉을 수 있는지, 매우 중요한 사람 앞에서도 이러한 태도를 보일 수 있는지.

답은 정해져 있을 것이다.

매력을

인생의 무기로
바꾸는 기술

'매력 자본'이라는 말처럼
매력은 나의 자본이자 경쟁력이 된다.

일상을 조용하게 지배하는
이 권력을 손에 넣는다면
당신만의 무기가 될 것이다.

많은 경우, 사람은 타인과의 관계 속에서 자신의 가치를 확인하려고 한다. 누군가의 관심을 끌거나 인기 있기를 바라기도 하고, 그렇게 상대에게 소중한 존재가 되기를 원한다. 이런 호감을 끌어내는 가장 큰 요소가 바로 '매력(魅力)'이다.

매력의 사전적 정의는 사람의 마음을 잡아끄는 힘이다. 한자로는 매혹할 '매', 도깨비 '매'에 힘 '력'자를 쓴다. 도깨비처럼 사람의 마음을 잡아끄는 신비한 힘. 이런 매력에는 물론 외적인 요소도 상당 부분 작용한다.

멋지고 아름다운 외모의 사람은 자연스레 첫인상

에서 더 많은 가산점을 받는다. 하지만 좋은 첫인상이 오래도록 유지되게 하는 힘은 외모 그 너머에 있다고 생각한다. 만나면 만날수록 호감을 끌고, 길게 말하지 않아도 자연스레 그의 말에 동의하게 만들며, 함께 있으면 행복하게 만드는 힘이야말로 진정한 매력이 아닐까.

"인간을 좋은 사람과 나쁜 사람으로
나누는 것은 무의미하다.
인간은 매력이 있는 사람과 없는 사람,
둘로 나뉠 뿐이다."

작가 오스카 와일드는 이렇게 말하기도 했다. 꼭 이성적 관계가 아니더라도 사람이라면 누구나 매력 있는 사람과 함께 하기를 희망할 것이다. 그렇다면 사람들은 어떤 사람에게 매력을 느낄까?
매력의 세 가지 조건은 다음과 같다.

매력의 조건 첫 번째,

유사성과 근접성.

누구든지 나와 비슷한 점이 있거나 물리적으로 가까운 거리의 사람들에게 한층 친밀감을 느끼며 매력적이라고 여길 가능성이 높다. 특히 자신에게 중요한 분야에서 유사성을 보일수록 친밀한 관계를 지속시키는 데 긍정적으로 작용하게 되고, 물리적 거리까지 가깝다면 더 많은 교류의 기회를 만들어낼 수 있기에 관계의 발전에 유리하게 작용할 것이다.

매력의 조건 두 번째,

성실성과 유능성.

굳이 설명하지 않더라도 본업을 잘해내는 사람이 얼마나 매력적인지 공감할 것이다. 자신의 분야에서 성실한 태도를 견지하며 유능하기까지 한 사람은 자연스레 빛이 난다. 지금의 능력을 갖추고 어느 정도 자리에 올라 서기까지 얼마나 많은 난관과 문제를 극복해냈는지를 자신의 존재만으로 입증하고 있기 때문이다. "성실 하나로 살아가는 사람이 남에게 감동을 주지 못했다는 예는 지금까지 한 번도 본 적이 없다"라는 맹자의 말처럼, 성실성은 그 어떤 냉혈한의 마음도 움직인다.

매력의 조건 세 번째,
매너와 상호성.

아무리 비슷한 점이 많고 물리적으로 가깝다고 해도, 또한 성실하고 유능한 사람이라고 해도 그가 보이는 태도에 따라 매력도는 곤두박질칠 수도 있다. 주변 사람에게 예의 없이 대하거나 자기 자신밖에 모르고 오만하다면? 천년의 관심도 싸늘하게 식을 것이다. 또한 대화가 통하고, 상대의 이야기에 기꺼이 귀를 기울이며, 여러 주제의 소통이 가능해서 마음을 주고받을 수 있는 사람, 즉 상호성이 높은 사람이어야 오랫동안 매력을 느끼며 관계를 이어갈 수 있다.

그렇기에 사람의 매력을 결정 짓는 요소에서 매너와 상호성이 가장 중요하다고 생각한다.

사람의 매력은
그 사람 특유의 매너와 타인에 대한 태도,
밝은 분위기가 좌우한다.

자연스럽게 다정한 행동을 하는 사람의 매력은
그 누구도 절대 이길 수 없다.

나를 매력적인 사람으로 만드는 방법은 결코 어렵지 않다. 타고나기를 내성적인 성격이라 해도, 약간은 다정한 태도를 취할 것. 사소한 약속이어도 어기지 않고, 최소한의 예의는 꼭 지킬 것. 인생을 살다 보면 내가 얻게 되는 베네핏은 내가 사람을 대하는 행동이나 태도에서 갈리는 경우가 굉장히 많다.

다가가고 싶은 사람이 있을 때나, 누군가 나에게 다가올 때 그 낯설고 어색한 순간의 차가운 분위기는 최소한의 예의를 차린 다정한 태도만으로 충분히 깨버릴 수 있다. 그렇게 관계의 문을 연 뒤에는 내가 노력하는 만큼 좋은 사람을 만날 기회가 무궁무진하게 늘어날 것이다.

"내 주변 다섯 명의 평균이
바로 내 모습이다"라는 말이 있다.

나는 어떤 사람에게 둘러싸여 있는가.
나는 타인에게 어떤 사람인가.

내가 바닥을 치면서
기분 더러울 때가 많았는데 한 가지 좋은 점이 있었다.

사람이 딱 걸러져.
진짜 내 편과 내 편을 가장한 적.

_드라마 〈별에서 온 그대〉 중에서

멘탈 뱀파이어에게서

벗어나라

그 누구도 한순간에 안목을 가질 수는 없다.

여러 번 타인을
경험하고,
상처받고,
습득하는

그렇게 온몸으로 타인을 이해하는 과정 속에서
비로소 사람 보는 눈이 길러지지 않을까.

"괜찮은 사람인지 아닌지 어떻게 구별해야 할지 모르겠어요."

우리는 직장, 취업 등의 문제만큼이나 인간관계 때문에 엄청난 스트레스를 받고 있다. 그 어떤 스트레스보다도 인간관계로 인한 스트레스가 가장 크다고 하는 사람도 많을 정도로, 살아가면서 다른 이와 만나며 받는 압박감은 삶에 큰 영향을 미친다. 이럴 때일수록, 나와 맞는 사람을 찾아내는 능력 즉 '사람 보는 눈'이 필요하다.

그럼에도 불구하고 이를 간과하거나 무시하는 사

람이 생각보다 많다. 특히 순진한 사람일수록 세상 사람들이 모두 본인처럼 약속을 잘 지키거나 악의가 없을 줄 안다. 자칫하면 상대가 내게 거짓말을 할 수도 있고, 의도했든 아니든 상처를 주고 내 기운을 쪽쪽 빨아먹는 '멘탈 뱀파이어'가 될 수 있다는 사실을 무시한다. 사람 보는 선구안은 나쁜 관계에서 나를 지켜내는 최소한의 장치이다. 이를 의식조차 하지 않는다면 당연히 어느 순간 고통을 겪을 수밖에 없다.

선구안은 야구 용어에서 비롯된 말이지만 인간관계에서도 매우 중요하게 작용한다.

상대방을 단기간 접한 상황에서
어떠한 사람일 것 같다고 판단할 수 있는
그 능력이 당신에게는 있는가?

혹시 누군가를 만나면서 이 선구안이 어느 정도 맞아떨어지는 경험을 한 적 있는가? 몇 번 경험해본 사람을 알 것이다. 나와 맞지 않는 사람일수록 반드시 선명하게 잘 알아볼 수 있다는 것을.

만약 선구안 없이 감정이 이끄는 대로 누군가와의 만남을 지속한다면 무조건 끝이 좋지 않을 수밖에 없다. 무작정 인맥을 넓히기 전에, 타인을 보고 스스로 판단할 수 있는 능력부터 길러야 한다.

선구안이 있는 사람들은 '이 사람과 만나기 시작하면 나를 고생시킬 것 같고 스트레스 줄 것 같다, 그런 촉이 온다'고 느끼면 "여기서 우리 그만하자" 하고 깔끔하게 관계를 정리하거나 서서히 거리를 둔다.

이미 현명한 사람들은 그렇게 인간관계를 맺고 있다. 관계에서는 참지 않고 행동해야 하는 순간이 있다. 한번 잘못 시작된 관계의 매듭은 스스로 지어야 한다.

그런데 그런 경험이 없고. 사람 볼 줄 모르는 상태의 사람은 상대방이 어떤 사람인지 어느 정도 예상은 되지만, 그것보다 자신의 감정이 앞서서 '그래도 한번 만나보자'며 만남을 지속한다. 그러니까 계속 누군가를 만나면서 시달릴 수밖에 없는 것이다. 잘못된 관계라면 더 이상 지속하지 말아야 한다.

미친 듯이 스트레스 받고, 괴로웠으면 한번 경험한 뒤에는 그다음엔 안 그래야 하는데 계속 반복하며 자신의 감정에만 충실한 사람들이 분명히 있다. 언제까지 이럴 수는 없지 않은가. 상처받고 힘든 경험을 몇 번이고 반복하고 싶지 않다면, 이 경험을 딛고서 사람 보는 눈을 길러야 한다.

그렇지 않다면 언제까지고 '나는 왜 이런 사람만 만날까' 하는 상황이 반복될 수밖에 없다. 30대 후반이 되어서 '지금까지 내가 뭘 한 걸까, 내 사람이 한 명도 없네' 하며 후회만 하게 될 수도 있다. 그만큼 선구안이 중요하다.

"사람 보는 눈은 있어서 좀 별론데 싫어도, 마음이 약해서 잘 못 잘라내는 사람은 어떡하나요?"

이런 질문을 하는 사람이 꼭 있다. 이 경우는 마음이 약하다는 핑계를 본인 스스로 대고 있지만, 제대로 거절을 못한다는 것 자체가 이미 사람 보는 눈이 없다는 뜻이다.

마음이 약하다는 이유로
그 사람과의 고통스러운 미래까지
감당하고 안고 갈 필요는 없지 않는가.

나부터 되도록 덜 상처받고
온전하게 살아야 하는데.

친구 사이든, 연인관계든, 동료 간이든 어떤 관계
의 단절이든 심리적, 감정적으로 힘이 든다. 그러나
내가 잘못 생각했고 더 늦기 전에 멈춰야 한다는 사
실을 인정해야 한다. 끝내기 위해 한 걸음 내딛는 일
이, 미룰 때까지 미뤘다가 크게 상처받는 것보다 수
월하다. 이제는 자신이 마음 약하다며 합리화할 때가
아니라 잘못된 관계와 단호히 이별할 때이다.

오늘 나를 더 잘되게 하는

단 한 가지 태도

더 높이 올라가기 위해 노력하는 것도 좋지만,
그러다 지치지 않도록

유지만 하겠다고 생각했으면 좋겠다.
지금 자리에서 떨어지지 않도록.

그렇게 살다 보면 언젠가는 껑충 뛰어올라서
'내가 언제 여기까지 올라왔지'
하고 생각하는 순간이 분명 올 것이다.

지금도 내가 성공했다고는 여기지 않지만, 크리에이터로 첫 발을 내디뎠던 시기에는 어려운 점이 많았다. 아무리 열심히 해도 아무도 나를 알아봐주는 것 같지 않았고, 밤을 새워가며 영상을 만들었지만 결과도 초라했다. 그때는 너무 힘드니까 잘되는 사람들을 보면서 '저 사람들은 왜 잘될까. 잘살까?' 하는 생각을 많이 했다.

태어나면서부터 많은 걸 물려받은 사람이 잘사는 건 내가 어떻게 할 수 없는 부분이니 그렇다 치더라도, 젊은 나이에 성공해서 돈으로 인한 걱정 없이 사는 사람들은 '어떻게 저렇게 잘살까' 하는 생각에,

마음이 시기와 질투로 가득 찼던 적도 있었다.

　그런 어려웠던 시기를 거쳐서 어느 정도 채널이 자리 잡고, 크리에이터로서의 길이 안정화된 지금에야 느끼게 된 사실이 있다. 바로 '기회'라는 것의 냉정함이다. 지금 이 순간에도 눈에 띄지 않는 곳에서 분명히 존재하지만, 준비가 되어 있지 않은 자에게는 결코 주어지지 않는 기회의 냉정함 말이다. 늘 잘되기만 하는 사람들의 비결은, 이러한 기회를 절대 놓치지 않는다는 것이다.

　그들은 이미 잘되고 있음에도
　한번 잡은 기회를 놓치지 않고 유지하기 위해서
　방심하지 않고 아등바등 치열하게 산다.

　특히 자수성가로 성공한 사람들은 기회의 중요성을 아는 사람들이다. 처음부터 남보다 앞선 출발선상에 있었던 게 아니라, 보통 수준의 기회와 가능성을 손에 쥐고 시작한 이들이기에 인생의 기회가 두 번

다시 혹은 어쩌면 평생 동안 안 올 수도 있다는 걸 이미 깨닫고 있는 사람들이다.

그렇기에 기회를 한 번이라도 잡고 성공해본 사람은 처음 상태에서 지금의 위치에 오르기 위해서도 엄청나게 많은 노력을 했겠지만, 그 위치에 올라서고 나서는 최소한 다시 밑바닥으로 떨어지지 않도록 유지하기 위해서 계속 달려나가고 있다. 끝까지 자신의 페이스를 잃지 않으려고 애쓰면서.

조금이라도 나태해지는 순간 나락으로 떨어진다는 사실을 그들은 너무나 잘 알고 있기 때문이다. 지금은 방심하지 않고 꾸준히 하면서 버티는 게 얼마나 중요한지를 뼈저리게 느낀다. 예전을 돌이켜보면 분명히 더 빨리 잘될 뻔했던 시기가 있었다. 바로 눈앞에 목표했던 바가 있었고, 성공이 손에 잡힐 듯했다. 그때 조금 더 방심하지 않고 열심히 했더라면, 나태해지지 않았더라면 잘됐을 텐데 당시의 나는 그러지 못했고 결국 아쉽게 기회를 놓쳤다.

스스로 힘들게 노력해서 얻은 결과인데도 불구하

고 그 사실은 까맣게 잊고 '지금 이렇게 잘되는데, 또 기회가 찾아오겠지' 싶었다. 무의식적으로 나태해져서 '오늘 하루 쉬지 뭐. 이번 달에 몇 달을 먹고살고도 남을 만큼 벌었으니까, 다음 달에 한 달 정도는 쉬어도 되겠지' 했다. 그러는 동안, 그 일주일에서 한 달 사이에 모든 게 다 무너져버렸다.

일하는 노동에 비해서 많은 돈을 벌게 되고, 심적·경제적으로 편하게 되면 '근자감'이 생긴다. '나는 원래 이 정도 할 수 있는 사람이야. 그러니까 또 할 수 있을 거야' 하고.

그 순간이 나락으로 가는 지름길이다. 잘될 때 더 열심히 해야, 손에 잡은 기회가 쉽사리 달아나지 않는다.

'내가 진짜 그때로는 다시 돌아가고 싶지 않다. 너무 힘들었으니까.'

이 생각에 나는 현상 유지를 위해서라도 오늘도 열심히 하고 있다.

한 번 이 자리에서 떨어지면 다시 올라가는 데에
는 더 많은 힘이 든다는 걸 알기에. 그러니까 더 높
이 올라가기 위해 노력하는 것도 좋지만, 그러다 지
칠 수도 있으니까 유지만 하겠다고 생각했으면 좋겠
다. 떨어지지 않도록. 그렇게 살다 보면 언젠가는 껑
충 뛰어올라서 스스로 생각하기에도 '내가 언제 여기
까지 올라왔지' 하고 생각하는 순간이 올 것이다. 당
신도, 나도 꼭 그렇게 됐으면 좋겠다.

타인의 잘못에서

나를 지키는법

"왜 그래? 무슨 일이야? 내가 뭐 잘못했어?"
이때 우리가 해야 될 건 무엇인가?

대꾸를 하지 않는 것이다.

상대에게 시간을 줘야 한다.
자신의 잘못이 무엇인지를 알아볼.

상대방의 고치고 싶은 점이 있는데, 그가 또다시 그런 행동을 할 때 어떻게 행동하는가? 먼저 대화를 하려고 할 것이다. 왜 그러는지, 왜 그랬는지 물을 것이다. 99.9퍼센트의 사람들이 그렇게 행동한다. 하지만 단호하게 이야기하고 싶다. 그래선 안 된다고.

보통 그런 상황에 직면했을 때 "대화를 하죠"라는 대답이 가장 먼저 튀어나오는 이유는 빨리 풀고 싶은 마음 때문이다. 그 사람과 다투고 싶지 않고 잘 맞춰가고 싶고 갈등 상황을 이어가고 싶지 않으니까 가장 먼저 생각나는 게 '대화를 해야겠다'인 것이다.

그런데 그래선 안 된다고 하는 이유는 간단하다.

대부분의 경우 효과가 없기 때문이다. 상대방은 조금도 변하지 않을 것이다. 예를 들어 상대방이 어떠한 잘못을 했을 때 그것과 관련해서 "네가 왜 그러는지 모르겠어. 너 어제 왜 그런 거야? 왜 나한테 거짓말했어? 다음에 또 그럴 거야?" 이런 식으로 대화했을 때, 상대방이 가장 먼저 하는 생각은 뭘까.

일단 내가 가장 먼저 한 생각은 '빨리 풀고 싶다'였다. 상대방도 똑같이 빨리 풀고 싶고, 싸우기 싫은 마음일 것이다. 잘못을 저지르는 사람도 똑같이 빨리 풀고 싶고 지금의 문제 상황에서 벗어나고 싶다. 그럼 그 사람이 해야 될 건 무엇일까. 사과이다.

"미안해, 다음부터는 안 그럴게."

여기서 가장 큰 문제가 발생한다. 상대방이 스스로 뭘 잘못했는지 인지할 시간을 충분히 주지 않았기 때문이다. 이런 상황을 가정해보자. 내가 상대에게 어떤 잘못을, 사소한 실수를 저질렀다. 그런데 상대가 나에게 "왜 그랬어?"라고 물으면 스스로 '내가 잘못

했구나. 왜 그런 잘못을 했지? 안 그랬어야 하는데'
라는 생각을 할까? 보통의 경우는 그 전에 상대의
기분을 풀어주기 위한 말을 반사적으로 하게 된다.

"내가 미안해. 잘못했어. 다음부터 안 그럴게."

여기서 본능적으로 대답한 그 남자 혹은 그 여자
는 자신의 잘못을 잊어버리는 데 시간이 얼마나 걸
릴까? 금방 잊어버릴 것이다. 스스로 반성할 시간은
1초도 갖지 않았기 때문이다.

좋은 마음으로 대화로 풀려고 해도, 상대의 입장에
서는 본인의 잘못으로 그런 상황에 처한 것 자체가
싫고 빨리 해치우고 싶으니까 이 사태를 무마하기 위
한 목적으로 사과를 하게 돼버린다. 그러면 다음부
터 이 똑같은 잘못을 그 사람이 할까, 안 할까? 장담
할 수 있다. 반드시 같은 실수를 반복할 것이다. 그
게 관계의 트러블을 풀어나가는 과정에서 발생하는
가장 큰 문제점이다.

반면에 이런 상황도 살펴보자. 상대가 어떤 잘못
을 했는데 내가 아무 말 없이 그걸 지켜만 보고 있

다. 그러면 상대는 본인이 무엇을 잘못했는지 인지하지 못한 상태에서 나의 표정이나 기분이 평소와는 다르다는 걸 스스로 느낀다. 평소에 밝고 긍정적이었던 사람이 갑자기 무뚝뚝해지고 근심이 많아진 표정으로 본인을 차갑게 대한다면, 상대는 나에게 뭐라고 할까.

"왜 그래? 무슨 일이야? 내가 뭐 잘못했어?"

이때 우리가 해야 될 건 무엇인가. 대꾸를 하지 않는 것이다. 여기서 이 대꾸를 하지 않는다는 것은 그 사람과 2차전을 시작하라는 뜻이 아니다. 상황을 보고 요령 있게 대꾸를 하지 않아야 한다. 그 사람이 자기가 뭘 어디서부터 어떻게 잘못했는지 인지할 수 있는 시간적인 여유를 주자는 것이다.

대꾸를 하지 않으면 상대는 본인이 어떤 잘못을 해서 이 사람의 기분을 나쁘게 했는지 알아보려고, 자기가 했던 행동과 말들을 되짚는 '노력'이라는 걸 하게 된다. 이렇게 노력을 하고 나서 결과를 얻는 것과 상대적으로 노력하지 않고 얻는 것은 180도 다르다. 일단 스스로 느끼는 것부터가 달라진다. 그다음부터

이 잘못을 반복하게 되면, 나와 관계를 풀어나가기 위해서 '또 똑같이 이만한 노력을 해야 되겠구나'라는 걸 스스로 알게 된다. 그러니까 그 뒤로는 웬만하면 안 그러려고 노력하게 된다는 것이다.

내가 빨리 풀고 싶은 마음에
"너 왜 그랬어. 그런 이유가 있을 거 아니야.
저번에 안 그런다고 했잖아. 또 왜 그러는데?"
이렇게 말하면

"내가 미안해. 다음부터 안 그럴게."
그리고 계속 같은 상황이 반복될 수밖에 없다.
그러니까 구구절절 입 아프게 상대방한테
이야기할 필요가 없다.

여기에 덧붙여서 이렇게 했는데도 불구하고 상대방이 스스로 변하려는 노력을 하지 않는다는 느낌이 들면 그때는 이 방법으로도 해결되지 않는다는 뜻이기 때문에, 그럴 때는 상대방한테 직접적으로 말을 해봐야 한다. 물론 이렇게 해봤는데도 변하지 않는다면 그 사람은 '틀렸다'는 강력한 시그널이다. 나의 행복을 위해 놓아야 할 사람이다.

실제로 이 방법, 이 말을
상대방한테 했던 적이 있다.
너에게 아무 말도 안 하기 시작하는 순간,
그건 너를 이제 포기하겠다는 생각을 하게 되는
때라고.

사람이라면 누구나 실수할 수 있다. 그런데 똑같은 실수를 세 번 반복한다면 그건 상대가 나와 맞춰갈 의향이 전혀 없다고 판단해야 할 문제가 아닐까. 그래서 딱 그 두 번째까지 이러한 방법을 활용하고 그 뒤로도 해결이 되지 않을 것 같으면 "이번이 마지막이다. 세 번째 또 똑같은 실수를 반복하게 된다면 나는 너와의 관계를 이어갈 생각이 없다"라고 대놓고 말한다. 마지막 세 번째는 삼진아웃인 것이다.

그러니까 누군가와 맞춰가고 싶은 마음에 구구절

절 알아듣게 얘기해서 똑같은 실수를 다음부터 반복하지 않게 하는 건, 의미가 없다고 봐도 무방하다.

그만큼 사람들은 자기 자신이 무안한 상황에 빠지는 걸 몹시 싫어하고, 트러블 상황을 회피하고 싶어한다. 스스로 본인의 잘못을 생각할 시간을 상대방한테 줘라. 그런데도 제대로 사과하고 변화하지 않는다는 건, 내 기분을 풀어줄 마음도 지금의 관계를 진지하게 이어갈 생각도 없다는 확실한 증거다.

부정적인 시선의 장점은 있다.

냉정하고 날카롭게 단점을 파고드는
부정적인 피드백은 반드시 필요하다.

하지만 매사에 부정적인 사람은
결코 내 인생에 도움이 되지 않는다.

냉소만 보내며, 의욕에 찬물을 끼얹기 때문이다.

자기가 자신을 지켜야 한다.
'아니오'와 '예'를 똑똑히 말할 줄 모르면

남들은 진정한 사실을 꿈에도 알아주지 않는다.

_프란츠 카프카

외로워도 결국,

나뿐이므로

고독의 시간은 행복의 시간보다
훨씬 느리게 흐른다.

어쩌면 지금 외로운 당신에게 필요한 건
이 순간을 성찰의 시간으로 보내는
지혜일지도 모르겠다.

"외로우니까 사람이다"라는 시 구절처럼, 누구나 사람이라면 한 번쯤은 깊은 외로움을 느낄 때가 있다. 이미 누군가를 만나고 있거나, 연애할 생각이 없다 해도 갑작스레 찾아오는 외로움은 때로 당황스러울 정도다. 그럴 때마다 어쩌면 좋겠느냐고 물어오는 사람들이 있다. 그 질문을 여러 번 받고 나서 이런 생각을 했다.

외로움이라는 감정이 참 무섭다고. 무엇보다 이 감정이 가장 무서운 이유는 한순간이면 충족되는 감정이기 때문이다. 슬픔이나 우울한 감정 같은 경우는, 일시적으로 몰려왔다가 사라지는 외로움보다 훨씬 오래 지속된다. 반면에 외로움이라는 감정은 그 순간 충족되면 바로 해소되지만 일순간 몰려올 때 몹시 충동적이라는 특성이 있다.

그렇기에 외로움에 휩싸이면
이성적인 판단 능력을 상실하게 된다.

기대고 의지하고 싶은 마음이 너무 커서,
만나선 안 될 사람, 나를 아프게 할 사람을
판별해낼 능력을 상실하게 되는 것이다.

'내가 지금 너무 외로운데, 뭘 가리겠어. 일단 만나보자' 하는 생각으로 미래에 후회할 일을 아무렇지 않게 행하게 된다. "저녁에 의자 사지 마라"라는 외국 속담처럼, 피곤한 저녁 시간에 둘러보는 의자는 다 편해 보이고 좋아 보인다. 사람과의 만남도 마찬가지다. 외로움으로 눈앞이 흐려져 판단력을 잃은 상태에서 만난 사람이 과연 나와 잘 맞을까? 혹시 본인의 설렘이 만들어낸 환상 속 이미지에 속고 있는 것은 아닐까?

　마음이 허전한 상황에서
　누군가를 보고 첫눈에 반한다 해도,

　그 순간에 내가 생각하는 그 사람의 이미지는
　그의 진짜 모습이 아니라
　스스로 만들어낸 상상이고 픽션에 가깝다.

　여러 번 만나 서로 깊이 알게 되기까지는 그의 본모습을 결코 알 수 없다. 만에 하나 그가 진짜 괜찮은 사람일 수도 있지만, 대다수의 경우 설레는 마음으로 혼자서 쌓아올린 환상의 이미지가 산산이 부서지는 경험을 하게 된다.
　'이런 사람이었나? 이런 점은 좀 깨네. 이번에도 사람을 잘못 본 걸까.'
　언제까지 이런 시간 낭비, 감정 낭비를 반복할 수는 없지 않은가.
　외로움은 누군가가 없애줄 수 있는 문제가 아니라

고 생각한다. 나에게만 외로움이 찾아오는 것도 아니고, 지구상의 그 누구도 외롭지 않은 사람은 없다. 연인이 있는 사람에게도, 배우자가 있는 사람에게도, 더 나아가 자식이 있는 사람에게도 모두 외로운 순간은 찾아온다. 쇼핑을 하든, 책을 읽든, 운동을 하든 본인만의 취미 활동이라도 하면서 잠깐의 감정의 빈틈, 순간의 공허를 이겨냈으면 좋겠다.

어쩌면 지금 당신에게 필요한 건 외로움의 시간을 성찰의 시간으로 바꿀 지혜일지도 모르겠다.

시간은 흐른다,
지금 이 순간에도

좋아하는 연예인을 떠올리면서
나는 지금부터 저 사람과 함께 늙어간다.
그 생각을 했다.

저 사람이 언제까지 TV에서 활동하고
나에게 위로를 줄지는 모르겠지만
내가 좋아하는 연예인
그리고 내가 사랑하는 사람 다 똑같이 늙어간다.

고백하건데, 내게는 오래전부터 품어온 두려움이 한 가지 있다. 바로 '죽음'에 대한 두려움이다. 한 치 앞을 알 수 없는 미래도 물론 두렵지만, 죽음을 생각하면 숨이 막힐 정도로 공포감이 몰려온다.

어린 시절에 모든 사람은 죽어야만 한다는 사실을 인지한 뒤로는, 가만히 누워 있다가도 죽음에 대한 두려움이 엄습하면 비명을 지르거나 침대 옆의 벽을 치면서 애써 생각을 쫓으려고 했을 정도였다. 특히 드라마나 영화에서 누군가 죽는 장면이 나오거나 주변인 중 누군가 생을 마감하는 일이 생기면 늘 가슴이 답답하고 힘들었다.

죽으면 숨을 쉴 수 없을 텐데 얼마나 괴로울까 하
는 생각에 두렵기도 했고, 내가 이 세상에서 더 이상
기억되지 않는 존재로 한 줌의 모래알처럼 변한다는
사실도 받아들이기 쉽지 않았다. 가족에게 찾아올 죽
음은 더더욱 1초도 떠올리고 싶지 않았다.

　때때로 이런 두려운 마음을 주변에 토로하곤 했는
데 여러 조언들이 돌아왔다.
　"나이 들수록 오히려 의연해진다.""나만 죽는 게
아니다. 세상 사람들 다 죽는다.""영원히 사는 것도
고통인 것이다."
　이런 말들에 어느 정도 공감하긴 했지만, 그럼에도
두려움은 누그러지지 않았다. '다른 사람들 죽는 건
죽는 거고, 어차피 나도 죽는 건데 그게 무슨 상관이
야' 싶기도 했다. 그러던 어느 날의 일이었다.
　휴일 오후에 오랜만에 TV를 보는데, 늘 나보다 연
장자라고 여겼던 배우나 아나운서, 아이돌 들이 어
느덧 나와 비슷한 나이대가 되어 있었다. 오히려 나
보다 더 어린 친구들이 다방면에서 활동하고 있기도

했다. 그걸 보면서 시간의 흐름을 느꼈다. 고등학교나 대학생 때 그리고 내가 사회생활을 하면서 TV에서 늘 보던 사람들이 나와 함께 늙어가고 있었다. 한창 어릴 때는 나보다 나이가 많은 이들뿐이었기에 그들과 늙어간다는 생각도 못했고, 죽음에 대한 두려움이 나에게만 있는 일이라고만 여겼다. 그런 까닭에 그 두려움을 혼자만의 것으로 끌어안고서 증폭시키고 있었던 것 같다.

이제는 나보다 어린 친구들이 아이돌을 하고 음악 프로그램에 나와서 자신의 역량을 펼치고, 뉴스 진행을 하며 활약하는 모습들을 보면서, '내가 저 사람들보다 더 나이가 많아졌구나. 좀 더 의연해질 필요가 있겠구나' 싶었다.

내 또래의 연예인들, 그 친구들이 아역배우 때의 모습이 아니라, 어엿한 중견이 되었고 이제는 전성기를 누비는 대배우가 되었음을 느끼면서 시간은 모두에게 공평히 흐름을 실감했다.

좋아하는 연예인을 떠올리면서 나는 지금부터 저

사람과 함께 늙어가겠다고 생각했다. 저 사람이 언제까지 TV에서 활동하고 나에게 위로를 줄지는 모르겠지만 내가 좋아하는 연예인 그리고 내가 사랑하는 사람 다 똑같이 늙어간다. 물론 세상을 떠나는 데 순서는 없겠지만 그 자체만으로 마음이 편안해지면서 조금 안정이 되었다.

혹시라도 나와 같은 두려움을 갖고 있다면, 그래서 마음이 힘들어질 때가 있다면 일상적으로 이 사실을 한번 떠올려봤으면 한다.

'모두가 다 똑같이 늙는다.
한 사람도 빠짐없이.'

이걸 생각하면 아무래도 이전처럼 두려운 감정은 사라질 것이다. 이 감정 때문에 너무 힘들었기에 한 명이라도 더 많은 사람이 조금이나마 두려운 감정을 덜어낼 수 있었으면 하는 마음에 이 이야기를 꼭 하고 싶었다.

"나 또한 힘닿는 데까지
이 자리에 있을 테니까
우리 같이 늙어가자"고.

함께 시간을 쌓아나가면서 서로 힘들고, 고민하고,
행복한 순간들을 지켜주며 성장해나가자고 꼭 한번
은 전하고 싶었다.

나의 과거가 내 미래를 정해주는 게 아니라
오늘 어디를 바라보고 사는가가
내 앞날을 결정해줄 것이다.

어차피
곁에 남길 사람은
따로 있다

인맥은

관리하는 것이 아니다

"내가 잘되면 돼.
내가 잘되어야 다른 사람도 챙길 수 있어."

이 말처럼,
내가 스스로 잘되어 있으면
연락 해올 사람은 알아서 먼저 한다.

사람관계 때문에 마음 상할 시간에
자신에게 떳떳하고 더 잘되려고
노력했으면 좋겠다.

요즘 인간관계는 아주 심플하게 보면, 카카오톡 메신저에서 오가는 말들 속에서 그 단면을 볼 수 있는 것 같다. 특히 '읽씹'과 '안 읽씹' 속에서.

□ 메시지를 읽을 것인가

□ 메시지를 읽고 바로 답장을 할 것인가

□ 메시지를 읽지도 않고 답장도 하지 않을 것인가

누군가에게서 온 메시지를 둘러싼 이 세 가지 선택지 사이에서 나와 그 사람의 관계가 투명하게 읽힌다. 그 기준을 놓고 봤을 때 누군가에게 연락이 왔는데 '내가 굳이 이 사람한테 답장을 해야 돼' 하는 생각이 드는 사람이 있고, 어떻게 해서든 내가 이 사람한테 밉보이기 싫어서라도 메시지를 확인하면 바로바로 답장하게 되는 사람이 있다.

그걸 생각하다 보니 반대로 상대방의 입장에서 '나는 어떤 사람이었을까. 내가 연락을 했을 때 그 사람은 답장을 바로 보낼까 아니면 나중에 읽거나 읽지 않을까'가 궁금해졌다. 최근까지도 겪고 있는 읽씹의 기억들을 떠올리며.

그가 읽고서도 답장을 하지 않는다는 것은
결국 그 사람 기준에서
내가 그렇게 중요하거나
도움이 될 만한 사람은 아니라는 뜻이다.

그걸 느끼니까 나는 이렇게 마음 열면서 다가가는데 이 사람에게 받아들여지지 않는다니, 하며 기분이 썩 좋지는 않았다.

하지만 아무리 내가 인간관계를 유지하려고 해도

상대방이 벽을 세우고 마음을 열지 않으면 안간힘을 써도 쉽지 않다. 차라리 그 시간에 본인 일 열심히 하고, 돈도 차곡차곡 모아놓고, 직장에서 자리 잡고, 나 스스로가 잘되면, 어쩌다 한 번씩 연락할 일 있을 때 그들이 먼저 손을 내밀고 관계를 이어나가려고 한다. 예를 들면, 도움이 필요하면 연락 달라거나, 역으로 돈 빌려달라는 사람도 있고, 별의별 사람들이 다 있다.

그런 경험을 여러 차례 하다 보니 인간관계를 위해서 굳이 너무 애쓰지 말고, 그 시간에 내가 할 일에 집중하는 게 결과적으로는 오히려 더 좋은 관계를 맺는 데 도움이 되겠다는 판단이 든다. 각자 열심히 살고 간간이 연락이 닿는, 이 정도의 상태만 유지시켜놓아도 내가 그 사람의 도움이 필요하거나 그 사람이 보고 싶거나 할 때 그냥 알아서 다시 연락이 되고 유지가 되는 것 같다.

인간관계 때문에 마음 고생할 때와 지금 그냥 내 할 일 열심히 하면서 사는 때를 비교해보니까 그 차이가 눈에 띄게 느껴졌다. 부정하려 해도 부정할 수가 없다.

'내가 그렇게 애쓰면서
가깝게 지내고 싶어도 거리를 두던 사람들이
이제는 알아서 연락을 하는구나.'

이런 현실이 느껴지는데 그걸 어떻게 또 부정할 수가 있겠는가. 그러니까 차라리 인맥 쌓기에 골몰하는 것보다는 내가 좀 더 나은 위치에 있을 수 있도록, 할 일 하면서 앞으로 나아가는 게 더 좋은 것 같다.

나쁜 뜻으로 들릴 수도 있겠지만, 솔직한 말로 이렇게 바쁜 시대에 필요할 때 연락하게 되는 게 당연한 이치가 아닐까. 굳이 불필요할 때 안부인사 삼아 자주 연락할 일은 잘 없다. 그래서 나는 항상 주변 사람과 오랜만에 통화하고 끊을 때 이렇게 얘기한다.

"내가 필요할 때 연락해서 너무 미안하다."

그러면 친구 대부분의 답은 이렇다.

"야, 원래 친구는 필요할 때만 연락하는 거다. 다

바쁘게 사는데 평상시에 일부러 연락할 필요 뭐 있냐. 그게 당연한 거야. 나도 필요할 때만 연락할게. 그때 도움주면 되지, 뭐."

그러니까 이렇게 바쁜 시대에 매일 연락할 수 없고 얼굴 볼 수 없는 게 한편으로는 당연한 일 아닐까 싶었다.

"내가 잘되면 돼.
내가 잘되어야 다른 사람도 챙길 수 있어."

이 말처럼, 내가 잘되어 있으면 연락할 사람은 알아서 먼저 한다. 극단적으로 사람관계를 정리하라는 뜻은 아니다. 그러나 너무 친구에 매달리지 않았으면 좋겠다. 차라리 사람관계 때문에 마음 상할 시간에 자신에게 떳떳하고 더 잘되려고 노력했으면 한다.

친구 입장에서도 내가 힘들게 되어서 앓는 소리 하는 것보다는 차라리 연락 안 하다가 잘되고 나서 연락 닿는 편이 훨씬 더 좋지 않을까.

진짜 내 편과

내 편을 가장한
적 찾기

남들보다 선구안을 가지고 있다고
자신을 좋게 포장하고
남의 노력을 비웃길 좋아하는 사람.
자기만의 고집에 갇힌 사람.

이들이 당신의 멘탈을 갉아먹을 것이다.

자랑할 만큼은 아니지만, 창작자로서의 여러 활동을 통해 어느 정도 많은 사람을 겪었다. 수년의 시간 동안 느꼈던 절대 가까이하면 안 되는 부류는 이런 사람들이었다. 이들은 물리적인 피해를 주거나 범죄를 저지른 사람은 아니지만, 정서적으로 주변인을 갉아먹는 사람들이었다.

　절대 가까이하면 안 되는 부류 하나,
　자기만의 고집에 갇힌 사람.

혼히 모두가 아니라고 할 때, "예"라고 할 수 있어야 한다고들 한다. 그러나 이것이 모든 상황에서 옳은 것은 아니다. 왜 모두가 아니라고 할까를 한번 생각해볼 필요가 있다. 설사 모두가 "아니다"라고 하는 게 틀릴 수도 있고 "예"라고 하는 대답이 맞을 수도 있다 해도, 왜 난 '맞는다'고 생각하는데 저 사람은 "아니"라고 대답하는 것인지를 고민해야 한다. 그게 바로 융통성이다.

한때 사업가 백종원이 나오는 TV 프로그램 〈골목식당〉을 즐겨봤다. 재미있게 봤지만, 볼 때마다 화가 날 만큼 이해할 수 없는 순간들이 있었다. 그 프로그램의 취지가 사정이 어려운 식당을 찾아 해결책을 제시해주고 골목의 상권을 살리는 것인 만큼, 매회 어느 식당에 방문해서 음식을 맛보고 그 식당을 운영하는 사장님과 대화하는 장면이 꼭 나왔다. 특히 주목해서 봤던 장면은 방송 진행자들이 "식당의 음식이 맛이 없다"라고 했을 때 사장님들의 반응이었다. 물론 안 그런 사장님도 있었지만, 거의 높은 확률로 대부분은 이런 반응이었다.

"저는 괜찮은 것 같은데…."

또는 음식 가격이 비싸서 좀 낮춰야 한다는 조언을 하면 이런 대답이 많이 나왔다.

"저희 가게 오는 손님들은 비싸다는 얘기 안 하시던데."

"손님들이 비싸다고 어떻게 면전에 대고 얘기를 해요." 이렇게 말을 해줘야 "아, 그렇군요" 하고 겨우 받아들이는 사장님도 있었다. 몇몇의 고집 센 사람은 왜 안되는지는 생각조차 하지 않고 왜 안되는지를 조언해도 귀를 열지 않는다. 이렇게 자기 주관에 갇히다 보면 객관적으로 상황을 파악할 수 없고, 문제가 있어서 설사 누군가 그 점을 알려준다 해도 고치려 들지 않는다. 한마디로 앞뒤가 꽉 막힌 것이다.

나 또한 멋모를 때는 '내가 이 세상을 바꿀 거야' 하면서 지금 일에 뛰어들었지만 결코 내 고집대로 풀리지 않았고, '도대체 왜 안될까. 어떻게 해야 할까. 뭐가 문제일까' 하면서 마음고생을 많이 했다. 그렇기에 이제는 이 사회에 발맞춰서 가려면 내가 포기할 줄도 알아야 하고, 때로는 자존심도 굽혀야 하고, 타인의 조언에 기꺼이 자신의 의견을 꺾을 용기도 있어야 한다는 걸 안다. 말처럼 쉬운 일은 아니기에 매번 스스로 다잡으려 하고 있다.

절대 가까이하면 안 되는 부류 둘,
냉소적인 사람.

배우 드웨인 존슨이 한 강연장에서 이렇게 말했다.
"부정적인 사람은 오히려 크게 문제되지 않습니다. 부정적인 생각을 하는 사람은 항상 걱정과 불안에 시달리다 보니 정서적으로 좋지 않을 순 있죠. 하지만 항상 최악에 대비하고 미래를 보려고 노력하기도 하므로 종종 성공하기도 합니다.

그러나 냉소적인 사람은 다릅니다. 그들은 가진 건 아무것도 없으면서 남을 비웃고, 심리적인 우위를 점하려고 합니다. 무슨 일이 터지면 그들은 이렇게 말하죠.

'거봐, 내가 그럴 줄 알았어. 내가 그럴 거라고 말했잖아.'"

정말 그렇다. 부정적인 사람보다도 위험한 것이 냉소적인 사람이다. 이들은 남들보다 선구안을 가지고 있다고 자신을 포장하면서 남의 노력을 비웃기를 좋아한다. 자신은 노력조차 해본 적 없으면서 말이다. 그러다 남이 내심 실패하길 바라고 성공에 배 아파하면서 자신은 그런 노력을 하지 않는다.

왜냐하면 이미 자기가 그 노력을 비하했기 때문이다. 무엇 하나 해보려는 열정이 조금도 없다.

이렇게 냉소적인 사람의 문제는 남에게 물리적인 피해를 준다는 점이 아니다. 그들은 자신을 우리 안에 가두고 스스로의 발전 가능성을 아예 없애버린다. 이들이 흔히 착각하는 것 중 하나가 "나는 냉정한 현실주의자야" 하고 자신을 스스로 정의내리는 것인데, 실제로 현실주의자는 오히려 냉정한 사고와 행동력이 결합된 굉장히 능동적인 성향의 사람들이다. 따라서 부정적인 사고에다 부정적인 행동만 하는 냉소적인 사람을 곁에 두어서 좋은 점은 단 하나도 없다. 이 사실을 잊지 마라.

이 글의 제목에 '내 편을 가장한 적'이라고 적었지만 나부터 타인에게 이런 부류의 사람이 되지 않도록 자신을 돌아보려고 한다.

무심코 냉소적인 자세를 취하기보다는 상대의 입장을 한 번 더 고려해서 말하고, 타인의 의견을 수용할 줄 아는 융통성 있는 사람. 나부터 그런 사람이 되려고 애써보겠다.

그 누구로 인해서도
내 마음의 짐을
가중시키지 않았으면 좋겠고,

그 누구에게도 부정적인 감정을
전하지 않았으면 한다.

부정과 긍정의 한 끗 차이를 의식하는 것.
모든 좋은 변화는 여기에서 시작되니까.

마음이 약하다는 이유로
그 사람과의 고통스러운 미래까지
감당하며 갈 필요는 없지 않는가.

나부터 되도록 덜 상처받고 온전하게 살아야 하는데.

인생은 결국 혼자 살아가야 한다.

사소한 욕심으로
누군가를 옆에 두려고 하는 건
결코 내게 득이 되진 않는다.

인맥 관리 아무리 해봤자 콩고물 안 떨어진다.

나와 깊은 관계까지

생각하는 사람은
이렇게 행동한다

나와 앞으로 오랫동안 먼 미래까지 그려갈 사람은
오히려 쓴소리를 면전에서 할 수 있는 사람이다.

달콤한 유혹일수록
딱 잘라서 넘어가선 안 된다고
이야기해주는 사람.

그 사람을 놓쳐서는 안 된다.

결혼 상대와 연애 상대를 꼭 구분해야 할 필요가 있을까? 그럴 필요는 없다고 생각한다. 문제는 '나를 생각하는 사람'인지가 아닐까. 또 한 가지 중요한 건 진정으로 나를 생각하는 사람을 받아들이는 '본인의 태도'이다.

　나와 깊은 관계까지 생각하는 사람은 내가 옳지 않은 선택을 할 때, 반드시 필요한 순간에 쓴소리를 아끼지 않는다. 그 쓴소리에 기분 나빠 하고 부정적인 반응을 보인다면, 바로 곁에 '평생 내 사람'이 있는데도 못 알아본 채 스스로 관계를 끊어내는 셈이다. 나는 그런 적 없었던가. 한번 돌아봤으면 좋겠다.

남녀를 불문하고 연애 초반에는 이것저것 사주고, 어디 좋은 곳 데려가고, 드라이브 시켜주고 무엇이든 다 해줄 것처럼 하는 게 당연한 패턴이다. 왜? 좋아 하니까. 서로의 시간을 포기하면서도 그사이에 나의 미래는 어디로 흘러가고 있는지 전혀 의식하지 못한 채, 그렇게 몇 달, 몇 년을 만난다.

어리고 미성숙할 때는 당분간은 이런 날들을 보내 도 괜찮다. 하지만 언제까지고 지금 내 삶에서 우선 순위가 뭔지 제대로 판단하지 못하거나, 다른 중요한 일을 미루게 된다면 분명 문제가 있다.

언제이고 인생의 갈림길에 선 순간에
그 선택이, 그 연애가
반드시 후회될 날이 올 것이다.

나와 먼 미래까지 함께할 것을 진지하게 고려하며 결혼까지 염두에 두는 사람이라면 딱 잘라서 맞는 건 맞고, 아닌 건 아니라고 말한다. 물론 연애만 고려한 다면 굳이 쓴소리할 필요는 없다. 상대방 기분만 상하게 할 테고, 굳이 사이 틀어질 필요는 없으니까 말이다. 그저 좋아하기만 하면서 연애를 즐기며 살면 된다. 하지만 결혼까지 생각하는 사이라면 상대방이 삶의 중요한 순간을 놓치고 있을 때 단호히 말한다.

"너 언제까지 그렇게 살래?" "정신 안 차릴 거냐, 나랑 결혼 안 할 거냐?"

이런 사람이 진국인 것이다.

그래서 때로는 상대가 너무 세상 물정 모르고 감정만 키우고 있는 상황인 것 같을 때, 냉정하게 딱 잘라서 얘기해주고 그 말을 들은 사람은 정신을 차리면 서로 더 이어갈 수 있는 관계인 것이고 아니면 오래 갈 수 없는 관계라고 판단해야 한다.

반대의 경우 "네가 원하면 저 하늘의 별도 따줄게" "나 만나면 항상 행복하게 해줄게" "갖고 싶은 것? 다 사 줄게" 하며 허황되고 화려한 말로 몸과 마음을 얻으려고 열심히 현혹한다. 지키지도 못할 허언이나 내뱉으면서.

왜?

내가 데리고 살 거 아니니까.

대충 듣기 좋은 말을 내뱉어주는 것이다.

날 위해 쓴소리할 수 있고, 가끔은 현실적이어서 불편한 말도 할 줄 아는 사람. 그 사람을 절대 놓치지 마라.

시답잖은

이성들만 꼬이는
사람의 특징

지금껏 관계의 끝에서
사람 때문에 상처만 받았다면,
그래서 누군가를 만나기가 고민된다면
자문해보자.

내가 지금껏 아끼고 참아왔던 연애의 시작을
이 사람에게 줘도 될 것인가.

과연 이 사람과 연애를 시작한다면
내가 아깝지 않은가.
이 질문에 만남의 성패가 달려 있다.

"저는 제가 좋은 사람이고 충분히 매력적이라고 생각하는데 다가오는 사람들은 그렇게 생각을 안 하는지 좀 가볍게 접근해요. 좋은 사람을 만나고 싶은데 어떻게 하는 게 좋을까요?

누군가와 관계를 시작하기 전에 많은 것을 고려해봐야 한다고들 말한다. 상대의 외모부터 성격, 경제력, 직업 등등…. 하지만 그 무엇보다 가장 먼저 따져봐야 할 것이 있다. 바로 '나 자신'에 대해서이다.

'나'는 지금 연애할 때인가.

'나'는 누군가를 만날 준비가 되어 있나.
'나'는 누구보다 나 스스로를 소중히 생각하고
있는가.

　나 자신의 상황을 직시한 이후에 관계를 시작해야
한다. 단순히 외로워서, 마음이 끌려서 덮어놓고 관
계를 시작하고 나면 지금까지와 다를 바 없이 이번에
도 답이 없는 연애의 끝을 보게 된다.

　잔인하게 들리겠지만, 나에게 자꾸 시답잖은 사람,
이상한 사람만 꼬인다면 그 이유는 셋 중 하나이다.
내가 똥차이거나, 똥차처럼 보이거나, 똥차를 거르는
눈이 없거나. 본인 스스로 자신이 어디에 속하는지를
돌아볼 필요가 있다.

　내가 아무리 좋은 사람을 만나려고 발버둥 쳐도,
여러 조건을 보고 거르고 골라서 사람을 만난다 해도
결국엔 본인 수준에 맞는 사람을 만나게 되어 있다.
주변 친구들도 유유상종으로 나와 비슷한 부류의 사
람일 텐데 연인이라고 달라봐야 얼마나 다를 수 있겠
는가.

남들 열심히 일하고 공부할 때, 내가 술 마시러 술집에 자주 다닌다면 주로 술집에 다니는 사람들이 꼬이는 것이고, 내가 도서관에 다니면 도서관에 다니는 사람과 만나게 될 확률이 당연히 높은 것이다. 주위 커플들을 한번 둘러보라. 기가 막히게 딱 본인 수준의 사람들을 만나고 있다.

여기서 한 예로 만남 장소를 술집으로 들었는데 술집에서 사람을 만나는 게 잘못되었다는 게 아니다. 술집에서 누군가를 만나는 사람이 있다면 술집에서만큼은 그 누구라도 절대 만나지 않겠다고 생각하는 사람도 있다는 얘기다.

술집에서 내게 연락처를 물어보거나 관심을 표하는 사람이 있다고 해서 마냥 이런 제스처를 호감의 표시로 받아들이고 마음을 활짝 열어서는 안 된다. 그가 어떤 사람인지, 내가 어떤 상황인지 전반적으로 판단해야 하는데, 비슷한 수준에 미치는 사람들 중에서 잠깐의 대화만으로 '나는 괜찮은 사람이고 매력적인 사람이야' 하고 잘못된 생각을 갖는 것이다.

여기서 시답잖은 사람들만 만나게 되는 문제가 시작된다. 요지는 자기 자신을 얼마나 냉정하게 평가하고 있느냐이다. 자신을 스스로 제대로 볼 수 없으면, 만나지 말아야 할 상황에서 상대를 만나고, 시작하지 말아야 할 관계를 시작하게 된다. 그렇게 여러 사람 만나봤는데도 별반 다를 게 없다는 걸 느끼고, '도대체 왜 이러는 걸까. 나한테 문제가 있는 걸까' 하고 도돌이표처럼 다시 반복하게 되는 것이다.

누군가와 관계를 시작하기 전에 많은 것을 고려해보고 따져봐야겠지만 그게 현실적으로 쉬운 일은 아니다. 그 사람에 대해서 아는 게 많이 없으니까, 최소한 이것이라도 잊지 않았으면 한다.

내가 지금껏 아끼고 참아왔던 이 연애의 시작을 이 사람에게 줘도 될 것인지. 과연 이 사람과 연애를 시작한다면, 내가 아깝지 않은지를.

이것만 잘 따져볼 수 있어도 웬만해서는 실패하는 연애로 치달을 일은 없을 것이다. 이 사람과 만나기에는 나라는 사람이 너무 아까울 것 같다 싶을 때까지 자신의 가치를 쌓았으면 좋겠다. 정말 소중하게 아끼는 물건일수록 남 주기가 아깝게 여겨지듯이, 나 자신을 그렇게 만들어보라. 그러면 시답잖은 사람을 절대 만날 수가 없다.

나보다 그 사람이

나를 더 좋아하게
만드는 법

기억하라.
내가 그를 연예인처럼 대한다면
그는 나를 팬처럼 대할 것이다.

"제가 좋아하는 사람은 본인한테 신경 덜 썼으면 하는 스타일인데, 저는 항상 그 사람이 궁금해요. 자꾸만 신경 쓰이고요. 그 사람이 구속받는 느낌이 들까 봐 조심스럽고 걱정스러워요."

때로 좋아하는 감정은 그 어떤 감정보다 강력해서, 아무리 내가 조절하려고 해도 멈출 수 없이 직진만 할 때가 있다. 너무 좋아하니까 자꾸 궁금하고 연락하게 되는 것은 진심에서 우러난 순수한 행동이라고도 볼 수 있다. 다만 상대가 귀찮아하는 반응을 보인다면 '의식적으로라도' 뒤로 한걸음 물러서야 할 때다. 상대가 불편한 기색을 보이는데도 계속 직진만 한다면 반드시 끝이 좋을 수는 없기 때문이다.

헤어짐의 이유는 다양할 수 있겠지만, 그 원인은 단 하나라고 생각한다. 어느 한쪽이 더 많이 좋아하고, 다른 한쪽은 상대적으로 그렇지 않기에 이 기울어진 감정의 차이에서 대부분의 트러블이 발생한다고 본다. 그러나 사실상 많은 이가 본인이 맺고 있는 관계가 이렇다는 것조차 인지하지 못한 채 사랑을 한다. 내 감정에 앞서서 상대의 거부 신호도 제대로 체크하지 못하면, 이것이 얼마나 큰 위험으로 치달을 것인지를 모르는 것이다. 그저 혼자서 섭섭해하고, 서운해하고, 애정 표현해달라고 조른다. 이러한 행동이 지속되는 사이에 상대의 감정은 급속도로 싸늘하게 식어버린다는 사실을 기억해야 한다.

그러니까 그 사람이 나를 좋아하는 것보다 내가 그 사람을 더 좋아하는 걸 본인 스스로가 알고 있다면 지금이라도 이런 태도를 고쳐야 한다. 가장 간단한 방법은 내가 푹 빠질 수 있는 다른 대체재를 찾는 것이다. 지금까지는 그 무엇보다 그 사람이 나의 일 순위였다면, 의식적으로라도 일 순위가 될 만한 다른 일을 찾아봐야 한다는 것이다.

입장을 바꿔서 한번 생각해보자. 내가 어떤 일을 열심히 기대하고 기다려왔는데, 그 순간을 방해받으면 기분이 어떻겠는가? 어쩌면 상대에게는 내가 일 순위가 아니기 때문에 그 방해자가 내가 될 수도 있다. 그걸 반대로 뒤바꿔서 행동해보는 것이다. 내가 어떤 일을 하는 동안에 상대에게 방해를 받으면 약간 기분이 불편할 정도까지 몰입해서 하면 된다. 운동이든, 독서든, 게임이든 어떤 취미도 좋다. 당연히 조금이라도 내 발전에 도움이 되는 취미라면 더할 나위 없이 좋을 것이다.

그렇게 상대에게 갔던 관심사를 다른 데로 돌려서 상대가 보기에 '예전과는 다르다'라는 느낌을 심어주는 게 중요하다.

현실적으로 상대를 좋아하는 감정은
덜어낼 수 없고,

나 자신이 완전 변할 수도 없기 때문에

상대방이 스스로 '나에 대한 감정이 달라졌네?'
하고 느끼게 만드는 방법이
최선이라고 생각한다.

다른 몰입할 일을 찾고, 그에 따른 상대의 변화를
스스로 체감하고 겪어봐야 비로소 이게 정답이었구
나, 서로를 위한 관계라는 게 이런 것이었구나 하고
느낄 수 있을 것이다.

내가 더 많이 빠져버린 연애를 하는 사람은 대부분
자신이 하고 싶었던 개인적인 것들까지 다 참고 억누
르면서 그 사람한테 헌신한다.

'나는 이것도 하고 싶고. 저것도 하고 싶은데 너 하
나 때문에 참고 있는 거야. 너를 위해서.'

이러면서 포기하고 산다. 이제는 그럴 필요 없이
본인이 하고 싶었던 것을 했으면 좋겠다. 이게 오히
려 사랑을 지키는 방법이 될 수도 있고 그 사람이 나
에게 더 관심을 갖게 할 수 있는 방법이다. 만약 마

음속에 와닿았다면 그냥 흘려들어도 되는 얘기라고 생각하지 말고 일단 한번 해봤으면 좋겠다. 실천해보면 반드시 많은 것을 느낄 수 있을 것이다.

당신의 현재 상황은
당신의 진짜 가능성에 대해
아무것도 말해주지 못한다.

답은 결국
당신에게 있다.

사랑하는 것은 용기지만,
사랑받는 것은 능력이다.

답이 아닌 사람에게
나를 사랑할 기회를
허락하지 마라.

자꾸만 눈길이 가는
사람에게 숨겨진 비밀

인생을 살다 보면
내가 얻게 되는 베네핏은

내가 사람을 대하는 행동이나 태도에서
나뉘는 경우가 굉장히 많다.

사람들은 자신의 모습은 잘 못 보지만 상대방의 장단점은 기가 막히게 잘 보는 것 같다. 쉬는 날 유튜브를 보다가 이런 점을 느꼈다. 구글의 알고리즘은 굳이 구독을 하지 않아도, 관심 분야에 따라서 내 피드에 처음 보는 사람의 영상을 띄우기도 한다. 그렇게 보게 된 영상들인데, 유독 조회 수가 높고, 구독자 수도 많은 경우가 있었다.

　'다른 사람들이 이렇게 많이 볼 동안 나는 처음 봤네' 하는 생각이 들면서 도대체 사람들이 '이 영상을 왜 보는 거지?' 싶었다. 그 의문을 해소하려고 그 사람의 다른 영상도 보기 시작했는데 의외로 빠져들게 되는 채널이 있었다. 사실 빠져들기 시작했는데도 불구하고, 객관적으로 보면 그 채널의 영상이 무척 재미있다거나 퀄리티가 높은 건 아니었다. 재미가 있어서 이걸 찾아봐야겠다는 게 아니라 피드에 뜨면 무의식적으로 보게 되는 영상들이 있다. 누구에게나 그런 채널이 하나둘씩은 있을 것이다. 혹시 느꼈는지 모르겠지만, 이 채널들에는 딱 하나 공통점이 있다.

꾸준한 업데이트, 가볍게 볼 수 있는 소재, 자극적인 내용, 채널 운영자의 멋진 외모 등의 이유도 있겠지만 결정적인 특징은 아니다. 이들의 영상에는 그 자체에서 뿜어져 나오는 기운이 있다. 밝고 긍정적인 에너지 같은 것. 특정 유튜버를 보면 주된 콘텐츠가 있는 것도 아니다. 그저 자신의 하루하루 일상의 모습을 찍는다. 무엇을 하거나 먹거나 만들거나 하는 게 주 내용이다. 특별할 게 없는 내용인데도 사람들이 많이 보는 이런 영상들은 보다 보면, 그 사람 자체가 뿜어내는 긍정적인 에너지가 보고 있는 나 자신에게까지 흡수되는 느낌이 든다. 이 사람의 밝은 에너지를 보고 은연중에 끌려서 자꾸만 보게 된 적, 분명 있을 것이다.

이렇게 좋은 기운으로 한결같이 살아가는 건 쉬운 일이 아니다. 나 또한 보여지는 자리에 있기 때문에 의식적으로 좋은 에너지의 모습, 긍정적인 자세를 보여야 된다는 걸 알고 있음에도 불구하고 그렇게 컨트롤하기가 쉽지만은 않다. 그런데 밝은 에너지 자체를 컨트롤할 수 있는 능력이 있는 사람들이 있다. 그런 사람들은 무의식적으로 보는 사람들로 하여금 긍정적인 기운을 느끼게 할 뿐만 아니라, 불편한 감정 자체를 잘 느끼지 못하게 만든다. 이게 제일 중요한 점이다.

한 예로, 친구들 중에 감정 기복이 심해 어제는 괜찮았는데 오늘은 유독 기분이 안 좋아 보이는 친구가 있다. 근데 정작 무슨 일 있냐고 물어보면 별일 없다고 한다.

업 앤 다운이 심한 사람이 있고
우울한 에너지를 내뿜는 사람이 있는 반면에,

한결같이 건강한 톤 앤 매너를
유지하는 사람들이 있다.
그런 사람들을 옆에 두면 나도 그렇게 변한다.

대부분의 사람은 자신이 타인에게 어떻게 비춰지는지 잘 알지 못하고, 어떤지 안다 해도 그게 진짜 내 모습이 아닌 경우도 많다. 심지어 내가 알고 있는 것과 진짜 내 모습이 반대인 경우도 있다.

따라서 내가 어떤 사람인지 확실하게 모르니까 알아야 하고, 또 좋은 방향으로 변화해야 하니까, 타인을 정확하게 읽는 이 기가 막힌 눈으로 그 좋은 에너지의 상대방들을 내 주변에 두루두루 모아두자. 그러면 어느 순간 긍정적인 아우라를 품은, 자꾸만 만나고 싶은 매력적인 사람으로 변해 있을 것이다.

서로 신경 쓰이지 않게 하는

관계의 법칙

'나만 왜 이렇게 힘들까.'
이런 생각 하지 않았으면 좋겠다.

분명히 신경 쓰이게 하는 일 없이
서로 만족하면서 사랑을 주고받을 수 있는
사람이 분명히 있다.

"그 사람과 지금까지 오랜 시간 만났는데 거의 싸운 적이 없어요."

이렇게 말하는 사람을 종종 보게 된다. 솔직히 처음에는 믿을 수 없었다. 어떻게 '거의' 싸우지 않을 수 있지 하는 의문이 들었기 때문이다. 하지만 지금은 이처럼 하나부터 열까지, 처음 만난 그 순간부터 신경 쓰이게 하는 일 없이 서로에게 온전히 집중할 수 있는 그런 관계가 분명히 있다고 확신한다.

물론 사랑에 정답은 없을 것이다. 어떤 방식으로든 각자 행복하다면 아무 문제가 없겠지만, 잦은 의견 충돌로 감정에 피로가 쌓인다면 그것 또한 옳은 방식의 관계는 아닐 테다. 그렇기에 나와 내가 만나는 상대가 서로 만족하면서 사랑을 주고받는 것. 그게 내가 지향하는 최선의 관계다.

그런 점에서 지난 연애들과 현재를 돌이켜보면 확연히 다른 점이 있다. 지난 관계들에서도 물론 행복하고 즐거운 날들이 있었지만, 자주 이게 진짜 사랑인가 싶을 정도로 크게 상처받고 힘들었던 시간도 많았다.

항상 만나면서도 힘들어서 '내가 사람 보는 눈이 없는 걸까' 하고 자책도 하고, '남들도 다 이런 상처 한두 번씩은 받으면서 그럼에도 좋아하니까 계속 만나는 거 아닐까' 하고 모른 척 관계를 이어나가기도 했다.

하지만 지금의 아내를 만나면서는 이제까지 만났던 사람들과는 완전히 다른 느낌을 받았다.

한 달째는 서로 안 지 얼마 되지 않았으니까 그럴 수 있지, 싶었다. 하지만 두 달, 세 달, 1년이 지나도 전혀 서로 마음에 걸리게 행동하는 일이 없었다. 이유 없이 연락이 안 되었던 적도 없었고, 이성 친구 문제 때문에 속 썩인 일도 없었고, 음주 문제로 걱정 시키는 일도 없었다.

'내가 지금까지 연애를 잘못했나.'

이전에는 이런 생각을 한 적이 단 한 번도 없었는데, 마지막 연애를 하면서 처음으로 그 생각이 들었다. 물론 이렇게 싸우지 않는 것도 문제라고 하는 사람도 분명히 있겠지만, 최소한 나는 누군가 "지난 연애를 다시 할래? 아니면 그냥 지금과 같은 연애만 할래?" 하고 묻는다면 지금을 선택할 것이다. 마음이 편해졌으니까. 안 싸우는 게 맞고 싸우는 게 틀렸다 이런 얘기를 하는 게 아니라,

하나부터 열까지
그리고 처음 만난 그 순간부터 지금까지
신경 쓰이게 만드는 일 없이
서로에게 집중할 수 있는 그런 사랑이 있다.

이 사실을 믿는 사람도 아닌 사람도 있겠지만, 이 것만큼은 진심이다. 이런 연애도 가능하다는 걸 알아 줬으면 한다. 맨날 다투고, 상처받고, 기대했다가 다 시 실망하고를 반복하는 관계가 아니라 충분히 서로 행복한 관계를 맺을 수 있는 사람이 분명히 있다. 그 러니까 두려워하지 않았으면 좋겠다.

'나만 왜 이렇게 힘들까.'

이런 생각 하지 않았으면 좋겠다. 좋은 연애가 충 분히 가능할 테니까. 나중에 그런 사람을 만나면 자 기 자신이 변하는 모습을 스스로 느낄 수 있을 것이 다. 그러니까 당신이 꼭 그런 연애를 했으면 좋겠다, 진심으로.

결혼할 때

가장 필요한 것은
무엇일까

결혼할 때 필요한 게 사랑일까.
사랑이면 충분할까.

결혼을 하려는 이유와
결혼할 때 필요한 것을
착각해서는 안 된다.

"지금 남자친구와 결혼까지 생각하고 있는데 자꾸 주변에서 능력 있는 사람을 만나야 결혼이 행복하다고 해요. 그럼 결혼에 필요한 건 사랑이 아니라 돈인가요?"

결혼에 필요한 건 당연히 '돈'이다. 정확히는 돈이 아니라 '경제력'이다. 한 치의 망설임도 없이 그렇다고 대답할 수 있다. 지금 당장은 부유하지 않아도 괜찮다. 다만 현재는 평범하더라도 생활력이 강하거나 경제적 능력이 있어야 앞으로의 결혼생활이 상대적으로 평탄할 것이다. 이렇게 말하면 흔히 다음과 같은 의견이 나온다.

"결혼을 할 때 필요한 게 왜 사랑이 아니라 경제력이냐, 그렇지 않게 결혼했는데도 잘 살고 있는 커플이 주변에 얼마나 많은데."

이 말도 틀린 건 아니다. 아무리 경제력이 있어도 사랑이 없고 감정이 식으면 부부 관계가 틀어지는 건 매한가지일 것이다. 하지만 이런 보편적인 주장에서 간과되는 부분이 있다. 기본적으로 이렇게 결혼까지 생각하는 사람들은 현실적으로 사랑이 없다는 전제로 고민하는 케이스는 거의 없다. 그러니까 "이 사람을 사랑하진 않지만, 이 사람의 능력이 너무 좋은데 그냥 결혼해도 될까요?" 이런 경우는 흔하지 않다.

요는 결혼할 때 '필요한 건'이다. 결혼할 때 필요한 게 사랑이라면, 이 사랑은 기본적으로 지구상에 있는 모든 결혼을 한 사람들은 공통적으로 다 가진 것이라 할 수 있을 것이다. 그런데 '필요하다'는 건 남이 쉽게 가지지 못하는 걸 원하는 마음이다. 그게 능력이건, 나와 잘 맞는 가치관이건 말이다. 그렇기에 사랑은 결혼하려는 '이유'가 될지언정, 결혼의 '필요' 요건은 아니라고 생각한다. 즉 사랑은 결혼의 충분조건 이지 필수조건이 아니라는 것이다.

사랑은 결혼을 시작할 수 있게 하고
경제력은 결혼을 지속할 수 있게 한다.

경제력이 없어도 결혼은 할 수 있다.
결혼만 하는 것이라면.

하지만 결혼생활을 유지하려면
경제적 능력은 반드시 필요하다.
삶은 결혼식 뒤에도 계속되므로.

"가난이 대문 열고 들어오면 사랑이 창문 열고 밖 으로 도망간다."

이 말 많이들 들어보았을 것이다. 실제로 여러 조 사에서 부부싸움의 원인 1위가 경제적 문제로 밝혀 지기도 했다. 그만큼 부부 관계에 있어서 열 번을 다 툴 일이 생겼을 때, 경제적 여유가 충족된다면 그 다

툴 사유는 많은 경우 소멸된다. 반면에 한 번 다툴 일이 생겼을 때, 경제적으로 빠듯하면 이런 상황이 열 번이고 스무 번이고 반복될 가능성이 높다.

그럼에도 불구하고 만약 본인의 마음에 흔들림이 없고, 이 사람이면 충분하다는 확신이 서 있다면 경제적 문제는 생각보다 큰 영향이 없을 수도 있다. 그러나 주변에서 능력 있는 사람을 만나야 결혼이 행복하다고 이야기했다는 것은, 그리고 이 이야기에 마음이 심란하다는 것은 지금 만나는 사람의 능력이 조금 부족하다고 느끼기 때문일 것이다. 당사자 본인이 보기에도 말이다.

결혼은 당사자의 마음만으로 되는 것도 아니고, 상대의 마음도 필요하다. 무엇보다 양가 부모와 집안까지 개입되는 문제다. 그렇기에 본인이 흔들리지 않아도 내 의지대로 흘러가지 않을 가능성이 매우 높다. 하물며 본인이 흔들린다면 상황은 결코 쉽지 않을 것이다.

스스로 마음을 잡아야 한다. 본인이 느끼기에, 이 사람의 인품은 돈으로도 살 수 없고, 상대에게서만 배우고 얻을 수 있는 경제적 능력 이상의 것들이 있다면 개인적으로는 이 결혼에 찬성한다.

결론은 감정보다는 돈이라는 게 아니라, '결혼에 필요한 게 무엇인가'라는 질문을 놓고 곱씹어 본다면 정답은 이미 나와 있다는 것이다. 다만 이 정답이라는 현실을 받아들이기 힘든 상황이라면, 그 힘든 상황을 이겨낼 합리적인 이유가 자신에게 있는지 그걸 살펴봤으면 한다. 상대방의 인품, 성실함, 노력하는 자세 등이 이 모든 현실을 뛰어넘을 합리적인 이유가 될 수 있는가를. 만약 그렇다면 더 이상 고민해야 할 이유 또한 무엇인가.

사람의 매력은
그 사람 특유의
매너와 타인에 대한 마음,
밝은 분위기가 좌우한다.

자연스럽게 다정한 행동을 하는 사람의 매력은
그 누구도 절대 이길 수 없다.

남들이 보는

나의 이미지를 안다는 것

'사람을 끌어당기는 힘'은
최소한 누군가를 차갑게 대하는 사람에게는
절대 찾아오지 않는다.

나 자신을 진지하게 돌아보자.
그리고 변하자.
밝고 겸손하고 긍정적인 사람으로.

단 한 번의 만남에서 내가 준 인상이
내 인생을 송두리째 바꿔버릴 수도 있다.

내가 타인에게 어떻게 비춰지는지 혹시 알고 있는
가? 생각 외로 내가 생각한 나의 모습은 타인이 보
는 내 모습과 전혀 다를 때가 많다. 말투도 그렇다.

"너 왜 이렇게 쌀쌀맞게 말해?"

주변인에게서 이런 말을 들은 어느 날, 내가 말한
의도와 받아들이는 사람의 생각은 180도 다를 수 있
다는 걸 알았다. 내가 생각하는 그대로 상대방이 받
아들이는 경우는 사실 많지 않다는 것도.
친구 관계이든 직장 동료 관계이든 무수히 많은 관

계에서 이루어지는 대화 속에서, 별다른 생각 없이 내뱉은 말인데 상대방은 그 의도와는 전혀 다른 의도로 받아들일 수 있는 것이다. 그것도 굉장히 높은 확률로. 왜냐하면 그 사람이 무슨 생각을 하고 있는지 나는 알 수 없기 때문이다.

스스로 상냥하게 말하는 편이라고 생각해왔다. 하지만 상대방은 그렇지 않은 반응일 때가 많아서 때때로 의아했다. 그럼에도 내 말투가 이상하다는 걸 직접적으로는 느끼지 못하다가 얼마 전에 예전 영상들을 다시 보면서 비로소 깨달았다.

'나름 단호하게 얘기한다고 던진 말이 누군가에게는 매섭게 느껴질 수 있었겠구나. 다정하게 인사를 건넨다고 생각했는데, 사투리 억양 때문인지 무뚝뚝하게 느껴지네.'

이렇게 오래전 방송 영상이 남아 있는 덕분에 나로서는 내 말투의 문제점을 알 수 있었다. 하지만 스스로 자신의 모습을 확인할 기회가 없는 대부분의 사람들은 내가 남에게 어떻게 비춰지는지 알 기회가 많지 않을 것이다.

어떤 말을 내뱉었을 때
그 사람이 내 말을 듣고
나를 어떻게 생각하느냐는 관계에서
굉장히 중요한 부분을 차지한다.

나는 성격 자체가 무뚝뚝하기도 하고, 어릴 때는 소심해서 사람들 앞에서 말하는 걸 쑥스러워했던 편이라 말을 할 때 무척 소극적이었다. 그러다 보니까 사람들에게 '예의가 없고 과묵하고 자기밖에 모르는 사람'이라고 인식될 때가 많았다. 이런 상황에서 내 말투의 문제점을 느끼지 못하고 살아가다 보니, 주변 사람들의 선입견이 굳어버린 적이 많았다. 나는 주변 사람들에게 그런 사람으로 인식되어 있는지도 몰랐던 터였다.

그런데 이 부분을 놓치고 있는 사람이 생각보다 굉장히 많다. 특히 20대 초반일수록. 하지만 평소 말투나 사람을 대하는 태도를 간과해서는 안 되는 게, 관계에 있어서 가장 중요한 '이미지'를 만들어내기 때문이다.

만약에 내가 사업 파트너로서 누군가를 택해야 되는 순간이라고 해보자. 그러면 당연히 차갑고 냉랭하고 매너가 없어 보이는 사람보다 항상 웃으면서 사람을 밝게 대하는 긍정적인 기운이 있는 사람을 뽑지 않겠는가.

물론 선천적으로 타인에게 좋은 인상을 주는 태도와 말투를 겸비하고 태어난 사람도 있다. 하지만 그렇지 않은 사람도 어떠한 특정 계기로 스스로 변하려고 노력한다면 충분히 변화할 수 있다. 물론 이 변화가 쉽다고는 하지 않겠다.

익숙한 사람들과 함께했을 때
자신이 어떻게 말을 하며 행동하는지를
스스로 느끼지 않는 이상은
달라지기가 쉽지 않다는 것이다.

사실 정말 나를 위하는 사람이 아니라면, "너 말투가 왜 그래?" "왜 사람들을 그렇게 대해?"라고 말해줄 사람은 없다. 사실상 아무도 이야기해주지 않을 거라고 봐야 한다. 그렇기 때문에 앞으로도 계속 그렇게 살 확률이 높다.

하지만 반대로, 항상 밝고, 친절하고, 긍정적인 사람들은 시간이 지나도 그 모습을 유지할 것이다. 그렇게 시간이 쌓이고 쌓여 오랜 시간이 지나면, 부정적이고 차갑고 냉랭하게 타인을 대했던 사람과 긍정적으로 대한 사람의 차이는 엄청날 것이다. 주변에 있는 사람들 무리 자체가 달라질 것이다.

그러니까 내가 어떤 사람인지를 다시 한번 깊게 생각해보고 변화하기 위해서 노력할 필요는 충분히 있다. 그래야 사람들을 내 편으로 만들고, 끌어당길 수가 있다. 사람을 내 편으로 끌어당기는 힘이 결국 인생에서 소중한 재산이 될 것임은 더 말할 필요도 없을 것이다.

지금부터의 날들은

당신을 위해 있다

"아무것도 아니라고 생각했던 사람이
아무도 생각할 수 없는 일을 해내거든요."

_영화 〈이미테이션 게임〉 중에서

'저 사람도 할 수 있는데 나는 왜 안 될까?'

저 사람은 되고 나는 안 되는 이유. 슬프게도 그 이유를 자신이 알아차리기는 힘들다. 자신을 정말 객관적으로 볼 수 있는 사람은 몇 되지 않기 때문이다. 반면에 주변인에게는 그 이유가 굉장히 잘 보인다. 꼭 잘되어야겠다는 부담과 욕심에서 자유롭기 때문이다.

문제는 나를 진심으로 위하는 누군가가 내게 조언을 건넸을 때, 그걸 진지하게 듣지 않고 넘겨버리는 태도에 있다. 주변인들에게 한번 물어보라. 저 사람은 되는데 난 안 되는 이유가 무엇인지. 나를 아끼는 사람이라면 솔직하게 이야기해줄 것이다. 그 대답 속에 지금의 상황을 역전시킬 힌트가 들어 있다.

"남과 자신을 비교하지 말고, 나의 길을 열심히 가면 된다."

이런 내용의 글귀를 많이 보았다. 이 말을 누가 먼저 했는지는 모르겠지만 나는 이 의견에 동의하지 않는다. 최소한 말한 사람 본인이 한창 잘되고 있는 시기에 한 말이 아닐까 싶다. 잘 풀리는 시기에는 굳이 타인을 참고할 필요가 없다. 본인의 방법이 맞기에 잘되고 있는 것일 테니까 말이다. 문제는 안 풀릴 때이다. 그때는 나 자신의 문제에 집착하는 태도에서 벗어나 시야를 넓게 두고 남에 비해 내가 못 하고 있는 부분이 무엇인지를 파악할 수 있어야 한다.

지금 내가 일이 안 풀릴 때는
비교해야 한다.
남들과 비교해서
뭐가 문제인지를 찾아야 한다.

비교하지 않고 나의 길을 가라는 건 그래도 먹고살 만해졌을 때, 그때는 너무 큰 욕심 부리지 말고 거기에 만족하며 살라는 뜻이지. 내가 힘이 들 때 '나도 힘든 이유가 있지. 그렇다고 남들이랑 비교하면 뭐가 달라지겠어' 하고 안주하라는 뜻이 아니다.

의지력은 더 이상 돌파구가 없을 때 생기는 것이라고 생각한다. 반드시 그렇다고는 할 수 없겠지만 대부분은 앞이 콱 막혔을 때 솟아오르는 것 같다. 영화 〈이미테이션 게임〉에는 이런 대사가 나온다.

"아무것도 아니라고 생각했던 사람이
아무도 생각할 수 없는 일을 해내거든요."

이미 늦었다 싶은 순간이라도, 내일쯤 되면 그냥 어제 시작할 걸 그랬다고 생각할 수도 있다. 일주일 뒤에는 더 큰 후회를 할 수도 있다. 혹시 지금 캄캄하고 긴 터널을 계속 걷고 있는 느낌이 든다면 잠깐 멈춰 서서 생각해보자. 지금 내가 멈춰 서 있는 이유가 무엇인지, 도대체 뭐가 문제인지. 그 원인을 정확하게 파악한 뒤에, 다시 의지를 갖고 걸어봤으면 좋겠다.

기억하라. 아직 당신에겐 밝혀지지 않은 빛나는 조각들이 있음을. 자신이 가진 게 아무것도 없다고 여겨질지라도 분명 누군가보다 무엇 하나는 더 가지고 있을 것이다. 그 빛나는 나만의 무기로 지금의 어려움을 헤쳐 나갔으면 좋겠다.

최소한 나는 당신이 결국 이 순간을 넘어설 거라고 믿는다. 지금의 마음을, 이 결심을 잊지 않았으면 좋겠다. 오늘부터의 매일을 기쁘고, 행복하게, 무엇보다 '나 자신을 위해' 살아줬으면 한다.

모든 날들은
오롯이 당신을 위해 존재한다.

이 책을 덮는 순간부터
그렇게 이전과는 다른 날들이
펼쳐질 것이다.

헤맨다고 모두
길을 잃는 것은 아니다

초판 1쇄 발행 2021년 7월 28일
초판 21쇄 발행 2023년 11월 7일

지은이 김달
펴낸이 이경희

펴낸곳 빅피시
출판등록 2021년 4월 6일 제2021-000115호
주소 서울시 마포구 월드컵북로 402, KGIT 16층 1601-1호

© 김달, 2021
ISBN 979-11-91825-04-6 03810